Alianza Cien
pone al alcance de todos
las mejores obras de la literatura
y el pensamiento universales
en condiciones óptimas de calidad y precio
e incita al lector
al conocimiento más completo de un autor,
invitándole a aprovechar
los escasos momentos de ocio
creados por las nuevas formas de vida.

Alianza Cien
es un reto y una ambiciosa iniciativa cultural

TCF
IMPRESO EN PAPEL ECOLÓGICO
(EXENTO DE CLORO)

ERNESTO SÁBATO

El dragón y la princesa

Alianza Editorial

Diseño de cubierta: Ángel Uriarte

Calle J. I. Luca de Tena, 15; 28027 Madrid; teléf. 741 66 00
ISBN: 84-206-4662-8
Depósito legal: B-1853-95-1995
Impreso en Novoprint, S. A.
Printed in Spain

I

Un sábado de mayo de 1953, dos años antes de los acontecimientos de Barracas, un muchacho alto y encorvado caminaba por uno de los senderos del parque Lezama.

Se sentó en un banco, abandonado a sus pensamientos. «Como un bote a la deriva en un gran lago aparentemente tranquilo pero agitado por corrientes profundas», pensó Bruno, cuando, después de la muerte de Alejandra, Martín le contó, confusa y fragmentariamente, algunos de los espisodios vinculados a aquella relación. Y no sólo lo pensaba sino que lo comprendía ¡y de qué manera!, ya que aquel Martín de diecisiete años le recordaba a su propio antepasado, al remoto Bruno que a veces vislumbraba a través de un territorio neblinoso de treinta años; territorio enriquecido y devastado por el amor, la desilusión y la muerte. Melancólicamente lo imaginaba en aquel viejo parque, con la luz crepuscular demorándose sobre las modestas estatuas, sobre los pensativos leones de bronce, sobre los senderos cubiertos de hojas blandamente muertas. A esa hora en que comienzan a oírse los pequeños murmullos, en que los grandes ruidos se van retirando, como se apagan las conversaciones demasiado fuertes en la habitación de un moribundo; y entonces, el rumor de la fuente, los pasos de un hombre que se aleja, el gorjeo de los pájaros que no terminan de acomodarse en sus nidos, el lejano grito de un niño, comienzan a notarse con extraña gravedad. Un misterioso acontecimiento se produce en esos momentos: anochece. Y todo es diferente: los árboles, los bancos, los jubilados que encienden alguna fogata con hojas secas, la sirena de un barco en la Dársena Sur, el distante eco de la ciudad. Esa hora en que todo entra en una existencia más profunda y enigmática. Y también más temible, para los seres solitarios que a esa hora permanecen callados y pensativos en los bancos de las plazas y parques de Buenos Aires.

Martín levantó un trozo de diario abandonado, un trozo en forma de país: un país inexistente, pero posible. Mecánicamente leyó las palabras que se referían a Suez, a comerciantes que iban a la cárcel de Villa Devoto, a algo que dijo Gheorghiu al llegar.

Arrojó el diario. «Casi nunca suceden cosas», le diría Bruno, años después, «aunque la peste diezme una región de la India». Volvía a ver la cara pintarrajeada de su madre diciendo «existís porque me descuidé». Valor, sí señor, valor era lo que le había faltado. Que si no, habría terminado en las cloacas.

Madrecloaca.

Cuando de pronto —dijo Martín— tuve la sensación de que alguien estaba a mis espaldas, mirándome.

Algo entra —vaciló como buscando la palabra más adecuada—, algo *inquietante,* algo similar a ese crujido sospechoso que oímos, o creemos oír, en la profundidad de la noche.

Hizo un esfuerzo para mantener los ojos sobre una estatua, pero en realidad no la veía más: sus ojos estaban vueltos hacia dentro, como cuando se piensa en cosas pasadas y se trata de reconstruir oscuros recuerdos que exigen toda la concentración de nuestro espíritu.

«Alguien está tratando de comunicarse conmigo», dijo que pensó agitadamente.

La sensación de sentirse observado agravó, como siempre, sus vergüenzas: se veía feo, desproporcionado, torpe. Hasta sus diecisiete años se le ocurrían grotescos.

«Pero si no es así», le diría dos años después la muchacha que en ese momento estaba a sus espaldas; un tiempo enorme —pensaba Bruno—, porque no se medía por meses y ni siquiera por años, sino, como es propio de esa clase de seres, por catástrofes espirituales y por días de absoluta soledad y de inenarrable tristeza; días que se alargan y se deforman como tenebrosos fantasmas sobre las paredes del tiempo. «Si no es así de ningún modo», y lo escrutaba como un pintor observa a su modelo, chupando nerviosamente su eterno cigarrillo.

«Espera», decía.

«Sos algo más que un buen mozo», decía.

«Sos un muchacho interesante y profundo, aparte de que tenés un tipo muy raro.»

—Sí, por supuesto —admitía Martín, sonriendo con amargura, mientras pensaba «ya ves que tengo razón—, porque todo eso se dice cuando uno no es un buen mozo y todo lo demás no tiene importancia.

«Pero te digo que esperés», contestaba con irritación. «Sos largo y angosto, como un personaje del Greco.»

Martín gruñó.

«Pero callate», prosiguió con indignación, como un sabio que es interrumpido y distraído con trivialidades en el momento en que está a punto de hallar la ansiada fórmula final. Y volviendo a chupar ávidamente el cigarrillo, como era habitual en ella cuando se concentraba, y frunciendo fuertemente el ceño, agregó:

«Pero, sabés: como rompiendo de pronto con ese proyecto de asceta español te revientan unos labios sensuales. Y además tenés esos ojos húmedos. Callate, ya sé que no te gusta nada todo esto que te digo, pero dejame terminar. Creo que las mujeres te deben encontrar atractivo, a pesar de lo que vos te suponés. Sí, también tu expresión. Una mezcla de pureza, de melancolía y de sensualidad reprimida. Pero además... un momento... Una ansiedad en tus ojos, debajo de esa frente que parece un balcón saledizo. Pero no sé si es todo eso lo que me gusta en vos. Creo que es otra cosa... Que tu espíritu domina sobre tu carne, como si estuvieras siempre en posición de firme. Bueno, gustar acaso no sea la palabra, quizá me sorprende, o me admira o me irrita, no sé... Tu espíritu reinando sobre tu cuerpo como un dictador austero. Como si Pío XII tuviera que vigilar un prostíbulo. Vamos, no te enojés, si ya sé que sos un ser angelical. Además, como te digo, no sé si eso me gusta en vos o es lo que más odio.»

Hizo un gran esfuerzo por mantener la mirada sobre la estatua. Dijo que en aquel momento sintió miedo y fascinación; miedo de darse vuelta y un fascinante deseo de hacerlo. Recordó que una vez, en la quebrada de Humahuaca, al borde de la Garganta del Diablo, mientras contemplaba a sus pies el abismo negro, una fuerza irresistible lo empujó de pronto a saltar hacia el otro lado. Y en ese momento le pasaba algo parecido: como si se sintiese impulsado a saltar a través de un oscuro abismo «hacia el otro lado de su existencia». Y entonces, aquella fuerza inconsciente pero irresistible le obligó a volver su cabeza.

Apenas la divisó, apartó con rapidez su mirada, volviendo a colocarla sobre la estatua. Tenía pavor por los seres humanos: le parecían imprevisibles, pero sobre todo perversos y sucios. Las estatuas, en cambio, le proporcionaban una tranquila felicidad, pertenecían a un mundo ordenado, bello y limpio.

Pero le era imposible ver la estatua: seguía manteniendo la imagen fugaz de la desconocida, la mancha azul de su pollera, el negro de su pelo lacio y largo, la palidez de su cara, su rostro clavado sobre él. Apenas eran manchas, como en un rápido boceto de pintor, sin ningún detalle que indicase una edad precisa ni un tipo determinado. Pero *sabía* —recalcó la palabra— que algo muy importante acababa de suceder en su vida: no tanto por lo que había visto, sino por el poderoso mensaje que recibió en silencio.

—Usted, Bruno, me lo ha dicho muchas veces. Que no siempre suceden cosas, que casi nunca suceden cosas. Un hombre cruza el estrecho de los Dardanelos, un señor asume la presidencia en Austria, la peste diezma una región de la India, y nada tiene importancia para uno. Usted mismo me ha dicho que es horrible, pero es así. En cambio, en aquel momento, tuve la sensación nítida de que acababa de suceder algo. Algo que cambiaría el curso de mi vida.

No podía precisar cuánto tiempo transcurrió, pero recordaba que después de un lapso que le pareció larguísimo sintió que la muchacha se levantaba y se iba. Entonces, mientras se alejaba, la observó: era alta, llevaba un libro en la mano izquierda y caminaba con cierta nerviosa energía. Sin advertirlo, Martín se levantó y empezó a caminar en la misma dirección. Pero de pronto, al tener conciencia de lo que estaba sucediendo y al imaginar que ella podía volver la cabeza y verlo detrás, siguiéndola, se detuvo con miedo. Entonces la vio alejarse en dirección al alto, por la calle Brasil hacia Balcarce.

Pronto desapareció de su vista.

Volvió lentamente a su banco y se sentó.

—Pero —le dijo— ya no era la misma persona que antes. Y nunca lo volvería a ser.

II

Pasaron muchos días de agitación. Porque *sabía* que volvería a verla, tenía la seguridad de que ella volvería al mismo lugar.

Durante ese tiempo no hizo otra cosa que pensar en la muchacha desconocida y cada tarde se sentaba en aquel banco, con la misma mezcla de temor y de esperanza.

Hasta que un día, pensando que todo había sido un disparate, decidió ir a la Boca, en lugar de acudir una vez más, ridículamente, al banco del parque Lezama. Y estaba ya en la calle Almirante Brown cuando empezó a caminar de vuelta hacia el lugar habitual; primero con lentitud y como vacilando, con timidez; luego, con creciente apuro, hasta terminar corriendo, como si pudiese llegar tarde a una cita convenida de antemano.

Sí, allá estaba. Desde lejos la vio caminando hacia él.

Martín se detuvo, mientras sentía cómo golpeaba su corazón.

La muchacha avanzó hacia él y cuando estuvo a su lado le dijo:

—Te estaba esperando.

Martín sintió que sus piernas se aflojaban.

—¿A mí? —preguntó enrojeciendo.

No se atrevía a mirarla, pero pudo advertir que estaba vestida con un sweater negro de cuello alto y una falda también negra, o tal vez azul muy oscuro. Le pareció que sus ojos eran negros.

—¿Los ojos negros? —comentó Bruno.

No, claro está: le había parecido. Y cuando la vio por segunda vez advirtió con sorpresa que sus ojos eran de un verde oscuro. Acaso aquella primera impresión se debió a la poca luz, o a la timidez que le impedía mirarla de frente.

También pudo observar, en ese segundo encuentro, que aquel pelo largo y lacio que creyó tan renegrido tenía, en realidad, reflejos rojizos. Más adelante fue completando su retrato: sus labios eran gruesos y su boca grande, con unos pliegues hacia abajo en las comisuras, que daban sensación de amargura y de desdén.

«Explicarme a mí cómo es Alejandra, se dijo Bruno, cómo es su cara, cómo son los pliegues de su boca.» Y pensó que eran precisamente aquellos pliegues desdeñosos y cierto tenebroso brillo de sus ojos lo que sobre todo distinguía el rostro de Alejandra del rostro de Georgina, a quien de verdad él había amado. Porque ahora lo comprendía, había sido a ella a quien verdaderamente quiso, pues cuando creyó enamorarse de Alejandra era a la madre de Alejandra a quien buscaba, como esos monjes medievales que intentaban descifrar el texto primitivo debajo de las restauraciones, debajo de las palabras borradas y sustituidas. Y esa insensatez había sido la causa de tristes desencuentros con Alejandra, experimentando a veces la misma sensación que podría sentirse al llegar, después de muchísimos años de ausencia, a la casa de la infancia y, al intentar abrir una puerta en la noche, encontrarse con una pared. Claro que su cara era casi la misma que la de Georgina: su mismo pelo negro con reflejos rojizos, sus ojos grisverdosos, su misma boca grande, sus mismos pómulos mongólicos, su misma piel mate y pálida. Pero aquel «casi» era atroz, y tanto más cuanto más sutil e imperceptible, porque de ese modo el engaño era más profundo y doloroso. Ya que no bastan —pensaba— los huesos y la carne para construir un rostro, y es por eso que es infinitamente menos físico que el cuerpo: está calificado por la mirada, por el rictus de la boca, por las arrugas, por todo ese conjunto de sutiles atributos con que el alma se revela a través de la carne. Razón por la cual, en el instante mismo en que alguien muere, su cuerpo se transforma bruscamente en algo distinto, tan distinto como para que podamos decir «no parece la misma persona», no obstante tener los mismos huesos y la misma materia que un segundo antes, un segundo antes de ese misterioso momento en que el alma se retira del cuerpo y en que éste queda tan muerto como queda una casa cuando se retiran para siempre los seres que la habitan y, sobre todo, que sufrieron y se amaron en ella. Pues no son las paredes, ni el techo, ni el piso lo que individualiza la casa sino esos seres que la viven con sus conversaciones, sus risas, con sus amores y odios; seres que impregnan la casa de algo inmaterial pero profundo, de algo tan poco material como es la sonrisa en un rostro, aunque sea mediante objetos físicos como alfombras, libros o colores. Pues los cuadros que vemos sobre las paredes, los colores con que han sido pintadas las puertas y ventanas, el diseño de las alfombras, las flores que encontramos en los cuartos, los discos y libros, aunque objetos materiales (como también pertenecen a la carne los labios y las cejas), son, sin embargo, manifestaciones del alma; ya que el alma no puede manifestarse a nuestros ojos materiales sino por medio de la materia, y eso es una precariedad del alma pero también una curiosa sutileza.

—¿Cómo, cómo? —preguntó Bruno.

«Vine para verte», dijo Martín que dijo Alejandra.

Ella se sentó en el césped. Y Martín ha de haber manifestado mucho asombro en su expresión porque la muchacha agregó:

—¿No crees, acaso, en la telepatía? Sería sorprendente, porque tenés todo el tipo. Cuando los otros días te vi en el banco, sabía que terminarías por darte vuelta. ¿No fue así? Bueno, también ahora estaba segura de que te acordarías de mí.

Martín no dijo nada. ¡Cuántas veces se iban a repetir escenas semejantes: ella adivinando su pensamiento y él escuchándola en silencio! Tenía la exacta sensación de conocerla, esa sensación que a veces tenemos de haber visto a alguien en una vida anterior, sensación que se parece a la realidad como un sueño a los hechos de la vigilia. Y debía pasar mucho tiempo hasta que comprendiese por qué Alejandra le resultaba vagamente conocida y *entonces Bruno volvió a sonreír para sí mismo.*

Martín la observó con deslumbramiento: su pelo renegrido contra su piel mate y pálida, su cuerpo alto y anguloso; había algo en ella que recordaba a las modelos que aparecen en las revistas de modas, pero revelaba a la vez una aspereza y una profundidad que no se encuentran en esa clase de mujeres. Pocas veces, casi nunca, la vería tener un rasgo de dulzura, uno de esos rasgos que se consideran característicos de la mujer y sobre todo de la madre. Su sonrisa era dura y sarcástica, su risa era violenta, como sus movimientos y su carácter en general: «Me costó mucho aprender a reír —le dijo un día—, pero nunca me río desde dentro».

—Pero —agregó Martín mirando a Bruno, con esa voluptuosidad que encuentran los enamorados en hacer que los demás reconozcan los atributos del ser que aman—, pero ¿no es cierto que los hombres y aun las mujeres daban vuelta la cabeza para mirarla?

Y mientras Bruno asentía, sonriendo para sus adentros ante aquella candorosa expresión de orgullo, pensó que así era en efecto, y que siempre y donde fuese Alejandra despertaba la atención de los hombres y también de las mujeres. Aunque por motivos diferentes, porque a las mujeres no las podía ver, las detestaba, sostenía que formaban una raza despreciable y sostenía que únicamente podía mantenerse amistad con algunos hombres; y las mujeres, por su parte, la detestaban a ella con la misma intensidad y por motivos inversos, fenómeno que a Alejandra apenas le suscitaba la más desdeñosa indiferencia. Aunque seguramente la detestaban sin dejar de admirar en secreto aquella figura que Martín llamaba *exótica* pero que en realidad era una paradojal manera de ser argentina, ya que ese tipo de rostros es frecuente en los países sudamericanos, cuando el color y los rasgos de un blanco se combinan con los pómulos y los ojos mongólicos del indio. Y aquellos ojos ondos y ansiosos, aquella gran boca desdeñosa, aquella mezcla de sentimientos y pasiones contradictorias que se sospechaban en sus rasgos (de ansiedad y de fastidio, de violencia y de una suerte de distraimiento, de sensualidad casi feroz y de una especie de asco por algo muy general y profundo), todo confería a su expresión un carácter que no se podía olvidar.

Martín también dijo que aunque no hubiese pasado nada entre ellos, aunque sólo hubiera estado o hablado con ella en una única ocasión, a propósito de cualquier nimiedad, no habría podido ya olvidar su cara en el resto de su vida. Y Bruno pensaba que era cierto, pues era algo más que hermosa. O, mejor dicho, no se podía estar seguro de que fuera hermosa. Era distinto. Y resultaba poderosamente atractiva para los hombres, como se advertía caminando a su lado. Tenía cierto aire distraído y concentrado a la vez, como si estuviera cavilando en algo angustioso o mirando hacia adentro, y era seguro que cualquiera que tropezase con ella debía preguntarse, ¿quién es esta mujer, qué busca, qué está pensando?

Aquel primer encuentro fue decisivo para Martín. Hasta ese momento, las mujeres eran o esas vírgenes puras y heroicas de las leyendas, o seres superficiales y frívolos, chismosos y sucios, ególatras y charlatanes, pérfidos y materialistas («como la propia madre de Martín», pensó Bruno que Martín pensaba). Y de pronto se encontraba con una mujer que no encajaba en ninguno de esos dos moldes, moldes que hasta ese encuentro él había creído que eran los únicos. Durante mucho tiempo le angustió esa novedad, ese inesperado género de mujer que, por un lado, parecía poseer algunas de las virtudes de aquel modelo heroico que tanto le había apasionado en sus lecturas adolescentes, y, por otro lado, revelaba esa sensualidad que él creía propia de la clase que execraba. Y aún entonces, ya muerta Alejandra, y después de haber mantenido con ella una relación tan intensa, no alcanzaba a ver con claridad en aquel gran enigma; y se solía preguntar qué habría hecho en aquel segundo encuentro si hubiera adivinado que ella era lo que luego los acontecimientos revelaron. ¿Habría huido?

Bruno lo miró en silencio: «Sí, ¿qué habría hecho?»

Martín lo miró a su vez con concentrada atención y después de unos segundos, dijo:

—Sufrí con ella tanto que muchas veces estuve al borde del suicidio.

«Y, no obstante, aun así, aun sabiendo de antemano todo lo que luego me sucedió, habría corrido a su lado.»

«Por supuesto», pensó Bruno. «¿Y qué otro hombre, muchacho o adulto, tonto o sabio, no habría hecho lo mismo?»

—Me fascinaba —agregó Martín— como un abismo tenebroso, y si me desesperaba era precisamente porque la quería y la necesitaba. ¿Cómo ha de desesperarnos algo que nos resulta indiferente?

Quedó largo rato pensativo y luego volvió a su obsesión: se empecinaba en recordar (en tratar de recordar) los momentos con ella, como los enamorados releen la vieja carta de amor que guardan en el bolsillo, cuando ya está alejado para siempre el ser que la escribió; y, también como en la carta, los recuerdos se iban agrietando y envejeciendo, se perdían frases enteras en los dobleces del alma, la tinta iba desvaneciéndose y, con ella, hermosas y mágicas palabras que creaban el sortilegio. Y entonces era necesario esforzar la memoria como quien esfuerza la vista y la acerca al resquebrajado y amarillento papel. Sí, sí: ella le había preguntado por dónde vivía, mientras arrancaba un yuyito y empezaba a masticar el tallo (hecho que recordaba con nitidez). Y después le habría preguntado con quién vivía. Con su padre, le respondió. Y después de un momento de vacilación, agregó que también vivía con su madre. «¿Y qué hace tu padre?», le preguntó entonces Alejandra, a lo que él no respondió en seguida, hasta que por fin dijo que era pintor. Pero al decir la palabra «pintor» su voz fue levemente distinta, como si fuese frágil, y temió que el tono de su voz hubiese llamado la atención de ella como debe llamar la atención de la gente la forma de caminar de alguien que atraviesa un techo de vidrio. Y que algo raro notó Alejandra en aquella palabra lo probaba el hecho de que se inclinó hacia él y lo observó.

—Te estás poniendo colorado —comentó.

—¿Yo? —preguntó Martín.

Y, como sucede siempre en esas circunstancias, enrojeció aún más.

—Pero, ¿qué te pasa? —insistió ella, con el tallito en suspenso.

—Nada, qué me va a pasar.

Se produjo un momento de silencio, luego Alejandra volvió a recostarse de espaldas sobre el césped, recomenzando su tarea con el tallito. Y mientras Martín miraba una batalla de cruceros de algodón, reflexionaba que él no tenía por qué avergonzarse del fracaso de su padre.

Una sirena de barco se oyó desde la Dársena y Martín pensó *Coral Sea, Islas Marquesas*. Pero dijo:

—Alejandra es un nombre raro.

—¿Y tu madre? —preguntó.

Martín se sentó y empezó a arrancar unas matitas de hierba. Encontró una piedrita y pareció estudiar su naturaleza, como un geólogo.

—¿No me oís?

—Sí.

—Te pregunté por tu madre.

—Mi madre —respondió Martín en voz baja— es una cloaca.

Alejandra se incorporó a medias, apoyándose sobre un codo y mirándolo con atención. Martín, sin dejar de examinar la piedrita, se mantenía en silencio, con las mandíbulas muy apretadas, pensando *cloaca, madrecloaca*. Y después agregó:

—Siempre fui un estorbo. Desde que nací.

Sentía como si gases venenosos y fétidos hubiesen sido inyectados en su alma, a miles de libras de presión. Su alma, hinchándose cada año más peligrosamente, no cabía ya en su cuerpo y amenazaba en cualquier momento lanzar la inmundicia a chorros por las grietas.

—Siempre grita: ¡Por qué me habré descuidado!

Como si toda la basura de su madre la hubiese ido acumulando en su alma, a presión, pensaba, mientras Alejandra lo miraba, acodada sobre un costado. Y palabras como *feto, baño, cremas, vientre, aborto,* flotaban en su mente, en la mente de Martín, como residuos pegajosos y nauseabundos sobre aguas estancadas y podridas. Y entonces, como si hablara consigo mismo, agregó que durante mucho tiempo había creído que no lo había amamantado por falta de leche, hasta que un día su madre le gritó que no lo había hecho para no deformarse y también le explicó que había hecho todo lo posible para abortar, menos el raspaje, porque odiaba el sufrimiento tanto como adoraba comer caramelos y bombones, leer revistas de radio y escuchar música melódica. Aunque también decía que le gustaba la música seria, los valses vieneses y el príncipe Kalender. Que desgraciadamente ya no estaba más. Así que podía imaginar con qué alegría lo recibió, después de luchar durante meses saltando a la cuerda como los boxeadores y dándose golpes en el vientre, razón por la cual (le explicaba su madre a gritos) él había salido medio tarado, ya que era un milagro que no hubiese ido a parar a las cloacas.

Se calló, examinó la piedrita una vez más y luego la arrojó lejos.

—Será por eso —agregó— que cuando pienso en ella siempre se me asocia la palabra cloaca.

Volvió a reírse con aquella risa.

Alejandra lo miró asombrada porque Martín todavía tuviese ánimo para reírse. Pero al verle las lágrimas seguramente comprendió que aquello que había estado oyendo no era risa sino (como sostenía Bruno) ese raro sonido que en ciertos seres humanos se produce en ocasiones muy insólitas y que, acaso por precariedad de la lengua, uno se empeña en clasificar como risa o como llanto; porque es el resultado de una combinación monstruosa de hechos suficientemente dolorosos como para producir el llanto (y aun el desconsolado llanto) y de acontecimientos lo bastante grotescos como para querer transformarlo en risa. Resultando así una especie de manifestación híbrida y terrible, acaso la más terrible que un ser humano pueda dar; y quizá la más difícil de consolar, por la intrincada mezcla que la provoca. Sintiendo muchas veces uno ante ella el mismo y contradictorio sentimiento que experimentamos ante ciertos jorobados o rengos. Los dolores en Martín se habían ido acumulando uno a uno sobre sus espaldas de niño, como una carga creciente y desproporcionada (y también grotesca), de modo que él sentía que debía moverse con cuidado, caminando siempre como un equilibrista que tuviera que atravesar un abismo sobre un alambre, pero con una carga grosera y maloliente, como si llevara enormes fardos de basura y excrementos, y monos chillones, pequeños payasos vociferantes y movedizos, que mientras él concentraba toda su atención en atravesar el abismo sin caerse, el abismo negro de su existencia, le gritaban cosas hirientes, se mofaban de él y armaban allá arriba, sobre los fardos de basura y excrementos, una infernal algarabía de insultos y sarcasmos. Espectáculo que (a su juicio) debía despertar en los espectadores una mezcla de pena y de enorme y monstruoso regocijo, tan tragicómico era; motivo por el cual no se consideraba con derechos a abandonarse al simple llanto, ni aun ante un ser como Alejandra, un ser que parecía haber estado esperando durante un siglo, y pensaba que tenía el deber, el deber casi profesional de un payaso a quien le ha ocurrido la mayor desgracia, de convertir aquel llanto en una mueca de risa. Pero, sin embargo, a medida que había ido confesando aquellas pocas palabras claves a Alejandra, sentía como una liberación y por un instante pensó que su mueca risible podía por fin convertirse en un enorme, convulsivo y tierno llanto; derrumbándose sobre ella como si por fin hubiese logrado atravesar el abismo. Y así lo hubiera hecho, así lo hubiera querido hacer, Dios mío, pero no lo hizo: sino que apenas inclinó su cabeza sobre el pecho, dándose vuelta para ocultar su lágrimas.

III

Pero cuando años después Martín hablaba con Bruno de aquel encuentro apenas quedaban frases sueltas, el recuerdo de una expresión, de una caricia, la sirena melancólica de aquel barco desconocido: como fragmentos de columnas, y si permanecía en su memoria, acaso por el asombro que le produjo, era una que ella le había dicho en aquel encuentro, mirándolo con cuidado:

—Vos y yo tenemos algo en común, algo muy importante.

Palabras que Martín escuchó con sorpresa, pues ¿qué podía tener él en común con aquel ser portentoso?

Alejandra le dijo, finalmente, que debía irse, pero que en otra ocasión le contaría muchas cosas y que —lo que a Martín le pareció más singular— tenía *necesidad* de contarle.

Cuando se separaron, lo miró una vez más, como si fuera médico y él estuviera enfermo, y agregó unas palabras que Martín recordó siempre:

—Aunque por otro lado pienso que no debería verte nunca. Pero te veré porque te necesito.

La sola idea, la sola posibilidad de que aquella muchacha no lo viese más lo desesperó. ¿Qué le importaban a él los motivos que podía tener Alejandra para no querer verlo? Lo que anhelaba era verla.

—Siempre, siempre —dijo con fervor.

Ella se sonrió y le respondió:

—Sí, porque sos así es que necesito verte.

Y Bruno pensó que Martín necesitaría todavía muchos años para alcanzar el significado probable de aquellas oscuras palabras. Y también pensó que si en aquel entonces hubiera tenido más edad y más experiencia, le habrían asombrado palabras como aquéllas, dichas por una muchacha de dieciocho años. Pero también muy pronto le habrían parecido naturales, porque ella había nacido madura, o había madurado en su infancia, al menos en cierto sentido; ya que en otros sentidos daba la impresión de que nunca maduraría; como si una chica que todavía juega con las muñecas fuera al propio tiempo capaz de espantosas sabidurías de viejo; como si horrendos acontecimientos la hubiesen precipitado hacia la madurez y luego hacia la muerte sin tener tiempo de abandonar del todo atributos de la niñez y la adolescencia.

En el momento en que se separaban, después de haber caminado unos pasos, recordó o advirtió que no habían combinado nada para encontrarse. Y, volviéndose, corrió hacia Alejandra para decírselo.

—No te preocupés —le respondió—. Ya sabré siempre cómo encontrarte.

Sin reflexionar en aquellas palabras increíbles y sin atreverse a insistir, Martín volvió sobre sus pasos.

IV

Desde aquel encuentro, esperó día a día verla nuevamente en el parque. Después semana tras semana. Y, por fin, ya desesperado, durante largos meses. ¿Qué le pasaría? ¿Por qué no iba? ¿Se habría enfermado? Ni siquiera sabía su apellido. Parecía habérsela tragado la tierra. Mil veces se reprochó la necedad de no haberle preguntado ni siquiera su nombre completo. Nada sabía de ella. Era incomprensible tanta torpeza. Hasta llegó a sospechar que todo había sido una alucinación o un sueño. ¿No se había quedado dormido más de una vez en el banco del parque Lezama? Podía haber soñado aquello con tanta fuerza que luego le hubiese parecido auténticamente vivido. Luego descartó esta idea porque pensó que había habido dos encuentros. Luego reflexionó que eso tampoco era un inconveniente para un sueño, ya que en el mismo sueño podía haber soñado con el doble encuentro. No guardaba ningún objeto de ella que le permitiera salir de dudas, pero al cabo se convenció de que todo había sucedido de verdad y que lo que pasaba era, sencillamente, que él era el imbécil que siempre imaginó ser.

Al principio sufrió mucho, pensando día y noche en ella. Trató de dibujar su cara, pero le resultaba algo impreciso, pues en aquellos dos encuentros no se había atrevido a mirarla bien sino en contados instantes; de modo que sus dibujos resultaban indecisos y sin vida, pareciéndose a muchos dibujos anteriores en que retrataba a aquellas vírgenes ideales y legendarias de las que había vivido enamorado. Pero aunque sus bocetos eran insípidos y poco definidos, el recuerdo del encuentro era vigoroso y tenía la sensación de haber estado con alguien muy fuerte, de rasgos muy marcados, desgraciado y solitario como él. No obstante, el rostro se perdía en una tenue esfumadura. Y resultaba algo así como una sesión de espiritismo, en que una materialización difusa y fantasmal de pronto da algunos nítidos golpes sobre la mesa.

Y cuando su esperanza estaba a punto de agotarse, recordaba las dos o tres frases claves del encuentro: «Pienso que no debería verte nunca. Pero te veré porque te necesito». Y aquella otra: «No te preocupés. Ya sabré siempre cómo encontrarte».

Frases —pensaba Bruno— que Martín apreciaba desde su lado favorable y como fuente de una inenarrable felicidad, sin advertir, al menos en aquel tiempo, todo lo que tenían de egoísmo.

Y claro —dijo Martín que entonces pensaba—, ella era una muchacha rara ¿y por qué un ser de esa condición había de verlo al otro día, o a la semana siguiente? ¿Por qué no podían pasar semanas y hasta meses sin necesidad de encontrarlo? Estas reflexiones lo animaban. Pero más tarde, en momentos de depresión, se decía: «No la veré más, ha muerto, quizá se ha matado, parecía desesperada y ansiosa». Recordaba entonces sus propias ideas de suicidio. ¿Por qué Alejandra no podía haber pasado por algo semejante? ¿No le había dicho, precisamente, que se parecían, que tenían algo profundo que los asemejaba? ¿No sería esa obsesión del suicidio lo que habría querido significar cuando habló del parecido? Pero luego reflexionaba que aun en el caso de haberse querido matar lo habría venido a buscar antes, y se le ocurría que no haberlo hecho era una especie de estafa que le resultaba inconcebible en ella.

¡Cuántos días desolados transcurrieron en aquel banco del parque! Pasó todo el otoño y llegó el invierno. Terminó el invierno, comenzó la primavera (aparecía por momentos, friolenta y fugitiva, como quien se asoma a ver cómo andan las cosas, y luego, poco a poco, con mayor decisión y cada vez por mayor tiempo) y paulatinamente empezó a correr con mayor calidez y energía la savia en los árboles y las hojas empezaron a brotar; hasta que en pocas semanas, los últimos restos del invierno se retiraron del parque Lezama hacia otras remotas regiones del mundo.

Llegaron después los primeros calores de diciembre. Los jacarandaes se pusieron violetas y las tipas se cubrieron de flores anaranjadas.

Y luego aquellas flores fueron secándose y cayendo, las hojas empezaron a dorarse y a ser arrastradas por los primeros vientos del otoño. Y entonces —dijo Martín— perdió definitivamente la esperanza de volver a verla.

V

—Hasta que volví a verla pasaron muchas cosas... en mi casa... No quise vivir más allá, pensé irme a la Patagonia, hablé con un camionero que se llama Bucich, ¿no le hablé nunca de Bucich?, pero esa madrugada... En fin, no fui al sur. No volví más a mi casa, sin embargo.

Se calló, rememorando.

—La volví a ver en el mismo lugar del parque, pero recién en febrero de 1955. Yo no dejé de ir en cada ocasión en que me era posible. Y sin embargo no me pareció que la encontrase gracias a esa espera en el mismo lugar.

—¿Sino?

Martín miró a Bruno y dijo:

—Porque ella quiso encontrarme.

Bruno no pareció entender.

—Bueno, si fue a aquel lugar es porque quiso encontrarlo.

—No, no es eso lo que quiero decir. Lo mismo me habría encontrado en cualquier otra parte. ¿Entiende? Ella sabía dónde y cómo encontrarme, si quería. Eso es lo que quiero decir. Esperarla allá, en el banco, durante tantos meses, fue una de las tantas ingenuidades mías.

Se quedó cavilando y luego agregó, mirándolo a Bruno como si le requiriera una explicación.

—Por eso, porque creo que ella me buscó, con toda su voluntad, con deliberación, por eso mismo me resulta más inexplicable que luego... de semejante manera...

Mantuvo su mirada sobre Bruno y éste permaneció con sus ojos fijos en aquella cara demacrada y sufriente.

—¿Usted lo entiende?

—Los seres humanos no son lógicos —repuso Bruno—. Además, es casi seguro que la misma razón que la llevó a buscarlo también la impulsó a...

Iba a decir «abandonarlo» cuando se detuvo y corrigió: «a alejarse».

Martín lo miró todavía un momento y luego volvió a sumirse en sus pensamientos, permaneciendo durante un buen tiempo callado. Luego explicó cómo había reaparecido.

Era ya casi de noche y la luz no le alcanzaba ya para revisar las pruebas, de modo que se había quedado mirando los árboles, recostado sobre el respaldo del banco. Y de pronto se durmió.

Soñaba que iba en una barca abandonada, con su velamen destruido, por un gran río en apariencia apacible, pero poderoso y preñado de misterio. Navegaba en el crepúsculo. El paisaje era solitario y silencioso, pero se adivinaba que en la selva que se levantaba como una muralla en las márgenes del gran río se desarrollaba una vida secreta y colmada de peligros. Cuando una voz que parecía provenir de la espesura lo estremeció. No alcanzaba a entender lo que decía, pero sabía que se dirigía a él, a Martín. Quiso incorporarse, pero algo lo impedía. Luchó, sin embargo, por levantarse porque se oía cada vez con mayor intensidad la enigmática y remota voz que lo llamaba y (ahora lo advertía) que lo llamaba con ansiedad, como si estuviera en un pavoroso peligro y él, solamente él, fuese capaz de salvarla. Despertó estremecido por la angustia y casi saltando del asiento.

Era ella.

Lo había estado sacudiendo y ahora le decía, con su risa áspera:

—Levantate, haragán.

Asustado, asustado y desconcertado por el contraste entre la voz aterrorizada y anhelante del sueño y aquella Alejandra despreocupada que ahora tenía ante sí, no atinó a decir ninguna palabra.

Vio cómo ella recogía algunas de las pruebas que se habían caído del banco durante su sueño.

—Seguro que el patrón de esta empresa no es Molinari —comentó riéndose.

—¿Qué empresa?

—La que te da ese trabajo, zonzo.

—Es la Imprenta López.

—La que sea, pero seguro que no es Molinari.

No entendió nada. Y, como muchas veces le volvería a suceder con ella, Alejandra no se tomó el trabajo de explicarle. Se sentía —comentó Martín— como un mal alumno delante de un profesor irónico.

Acomodó las pruebas y esa tarea mecánica le dio tiempo para sobreponerse un poco de la emoción de aquel reencuentro tan ansiosamente esperado. Y también, como en muchas otras ocasiones posteriores, su silencio y su incapacidad para el diálogo eran compensados por Alejandra, que siempre, o casi siempre, adivinaba sus pensamientos.

Le revolvió el pelo con una mano, como las personas grandes suelen hacer con los chicos.

—Te expliqué que te volvería a ver, ¿recordás?, pero no te dije cuándo.

Martín la miró.

—¿Te dije, acaso, que te volvería a ver pronto?

—No.

Y así (explicó Martín) empezó la terrible historia. Todo había sido inexplicable. Con ella nunca se sabía, se encontraban en lugares tan absurdos como el hall del Banco de la Provincia o el puente Avellaneda. Y a cualquier hora, a las dos de la mañana. Todo era imprevisto, nada se podía pronosticar ni explicar: ni sus momentos de broma, ni sus furias, ni esos días en que se encontraba con él y no abría la boca, hasta que terminaba por irse. Ni sus largas desapariciones. «Y sin embargo —agregaba— ha sido el período más maravilloso de mi vida.» Pero él sabía que no podía durar porque todo era frenético y era, ¿se lo había dicho ya?, como una sucesión de estallidos de nafta en una noche tormentosa. Aunque a veces, muy pocas veces, es cierto, parecía pasar momentos de descanso a su lado como si estuviera enferma y él fuera un sanatorio o un lugar con sol en las sierras donde ella se tirase al fin en silencio. O también aparecía atormentada y parecía como si él pudiese ofrecerle agua o algún remedio, algo que le era imprescindible, para volver una vez más a aquel territorio oscuro y salvaje en que parecía vivir.

—Y en el que yo nunca pude entrar —concluyó, poniendo su mirada sobre los ojos de Bruno.

—Entonces me dijo «vamos».

VI

—Aquí es —dijo.

Se sentía el intenso perfume a jazmín del país. La verja era muy vieja y estaba a medias cubierta con una glicina. La puerta, herrumbrada, se movía dificultosamente, con chirridos.

En medio de la oscuridad, brillaban los charcos de la reciente lluvia. Se veía una habitación iluminada, pero el sielncio correspondía más bien a una casa sin habitaciones. Bordearon un jardín abandonado, cubierto de yuyos, por una veredita que había al costado de una galería lateral, sostenida por columnas de hierro. La casa era viejísima, sus ventanas daban a la galería y aún conservaban sus rejas coloniales; las grandes baldosas eran seguramente de aquel tiempo, pues se sentían hundidas, gastadas y rotas.

Se oyó un clarinete: una frase sin estructura musical, lánguida, desarticulada y obsesiva.

—¿Y eso? —preguntó Martín.

—El tío Bebe —explicó Alejandra—, el loco.

Atravesaron un estrecho pasillo entre árboles muy viejos (Martín sentía ahora un intenso perfume de magnolia) y siguieron por un sendero de ladrillos que terminaba en una escalera de caracol.

—Ahora, ojo. Seguime despacito.

Martín tropezó con algo: un tacho o un cajón.

—¡No te dije que andés con ojo! Esperá.

Se detuvo y encendió un fósforo, que protegió con una mano y que acercó a Martín.

—Pero, Alejandra, ¿no hay lámpara por ahí? Digo... algo... en el patio...

Oyó la risa seca y maligna.

—¡Lámparas! Vení, colocá tus manos en mis caderas y seguime.

—Esto es muy bueno para ciegos.

Sintió que Alejandra se detenía como paralizada por una descarga eléctrica.

—¿Qué te pasa, Alejandra? —preguntó Martín, alarmado.

—Nada —respondió con sequedad—, pero haceme el favor de no hablarme nunca de ciegos.

Martín volvió a poner sus manos sobre las caderas y la siguió en medio de la oscuridad. Mientras subían lentamente, con muchas precauciones, la escalera metálica, rota en muchas partes y vacilante en otras por la herrumbre, sentía bajo sus manos, por primera vez, el cuerpo de Alejandra, tan cercano y a la vez remoto y misterioso. Algo, un estremecimiento, una vacilación, expresaron aquella sensación sutil, y entonces ella preguntó qué pasaba y él respondió con tristeza «nada». Y cuando llegaron a lo alto, mientras Alejandra intentaba abrir una dificultosa cerradura, dijo «esto es el antiguo Mirador».

—¿Mirador?

—Sí, por aquí no había más que quintas a comienzos del siglo pasado. Aquí venían a pasar los fines de semana los Olmos, los Acevedo...

Se rió.

—En la época en que los Olmos no eran unos muertos de hambre... y unos locos...

—¿Los Acevedo? —preguntó Martín—. ¿Qué Acevedos? ¿El que fue vicepresidente?

—Sí, ésos.

Por fin, con grandes esfuerzos, logró abrir la vieja puerta. Levantó su mano y encendió la luz.

—Bueno —dijo Martín—, por lo menos acá hay una lámpara. Creí que en esta casa sólo se alumbraban con velas.

—Oh, no te vayas a creer. Abuelo Pancho no usa más que quinqués. Dice que la electricidad es mala para la vista.

Martín recorrió con su mirada la pieza como si recorriera parte del alma desconocida de Alejandra. El techo no tenía cielo raso y se veían los grandes tirantes de madera. Había una cama turca recubierta con un poncho y un conjunto de muebles que parecían sacados de un remate: de diferentes épocas y estilos, pero todos rotosos y a punto de derrumbarse.

—Vení, mejor sentate sobre la cama. Acá las sillas son peligrosas.

Sobre una pared había un espejo, casi opaco, del tiempo veneciano, con una pintura en la parte superior. Había restos de una cómoda y un bargueño. Había también un grabado o litografía mantenido con cuatro chinches en sus puntas.

Alejandra prendió un calentador de alcohol y se puso a hacer café. Mientras se calentaba el agua puso un disco.

—Escuchá —dijo, abstrayéndose y mirando al techo, mientras chupaba su cigarrillo.

Se oyó una música patética y tumultuosa.

Luego, bruscamente, quitó el disco.

—Bah —dijo—, ahora no la puedo oír. Siguió preparando el café

—Cuando lo estrenaron, Brahms mismo tocaba el piano. ¿Sabés lo que pasó?

—No.

—Lo silbaron. ¿Te das cuenta lo que es la humanidad?

—Bueno, quizá...

—¡Cómo, quizá! —gritó Alejandra—, ¿acaso creés que la humanidad no es pura porquería?

—Pero este músico también es humanidad...

—Mirá, Martín —comentó mientras echaba el café en la taza—, ésos son los que sufren por el resto. Y el resto son nada más que hinchapelotas, hijos de puta o cretinos, ¿sabés?

Trajo el café.

Se sentó en el borde de la cama y se quedó pensativa. Luego volvió a poner el disco un minuto:

—Oí, oí lo que es esto.

Nuevamente se oyeron los compases del primer movimiento.

—¿Te das cuenta, Martín, la cantidad de sufrimiento que ha tenido que producirse en el mundo para que haya hecho música así?

Mientras quitaba el disco, comentó:

—Bárbaro.

Se quedó pensativa, terminando su café. Luego puso el pocillo en el suelo.

En el silencio, de pronto, a través de la ventana abierta, se oyó el clarinete, como si un chico trazase garabatos sobre un papel.

—¿Dijiste que está loco?

—¿No te das cuenta? Ésta es una familia de locos. ¿Vos sabés quién vivió en ese altillo, durante ochenta años? La niña Escolástica. Vos sabés que antes se estilaba tener algún loco encerrado en alguna pieza del fondo. El Bebe es más bien un loco manso, y de todos modos nadie puede hacer mal con el clarinete. Escolástica también era una loca mansa. ¿Sabés lo que le pasó? Vení. —Se levantó y fue hasta la

litografía que estaba en la pared con cuatro chinches.
—Mirá: son los restos de la legión de Lavalle, en la quebrada de Humahuaca. En ese tordillo va el cuerpo del general. Ése es el coronel Pedernera. Y ese otro barbudo, a la derecha, es el coronel Acevedo. Bonifacio Acevedo, el tío abuelo del abuelo Pancho. A Pancho le decimos abuelo, pero en realidad es bisabuelo.

Siguió mirando.

—Ese otro es el alférez Celedonio Olmos, el padre de abuelo Pancho, es decir mi tatarabuelo. Bonifacio se tuvo que escapar a Montevideo. Allá se casó con una uruguaya, una muchacha que se llamaba Encarnación Flores, y allá nació Escolástica. Antes de nacer, Bonifacio se unió a la Legión y nunca vio a la chica, porque la campaña duró dos años y de ahí, de Humahuaca, pasaron a Bolivia, donde estuvo varios años; también en Chile, un tiempo. En el 52, a comienzos del 52, después de trece años de no ver a su mujer, que vivía aquí en esta quinta, el comandante Bonifacio Acevedo, que estaba en Chile, con otros exiliados, no dio más de tristeza y se vino a Buenos Aires, disfrazado de arriero: se decía que Rosas iba a caer de un momento a otro, que Urquiza entraría a sangre y fuego en Buenos Aires. Pero él no quiso esperar y se largó. Lo denunció alguien, seguro, si no no se explica. Llegó a Buenos Aires y lo pescó la Mazorca. Lo degollaron y pasaron frente a casa, golpearon en la ventana y cuando abrieron tiraron la cabeza en la sala. Encarnación se murió de la impresión y Escolástica se volvió loca. ¡A los pocos días Urquiza entraba en Buenos Aires! Tenés que tener en cuenta que Escolástica se había criado sintiendo hablar de su padre y mirando su retrato.

De un cajón de la cómoda sacó una miniatura, en colores.

—Cuando era teniente de coraceros, en la campaña del Brasil.

Su brillante uniforme, su juventud, su gracia, contrastaban con la figura barbuda y destrozada de la vieja litografía.

—¿Sabés lo que hizo Escolástica? La madre se desmayó, pero ella se apoderó de la cabeza de su padre, corrió hasta aquí y se encerró con la cabeza del padre desde aquel año hasta su muerte, en 1932.

—¡En 1932!

—Sí, en 1932. Vivió ochenta años, aquí, encerrada con su cabeza. Aquí había que traerle la comida y sacarle los desperdicios. Nunca salió ni quiso salir. Otra cosa: con esa astucia que tienen los locos, había escondido la cabeza de su padre, de modo que nadie nunca la pudo sacar. Claro, la habrían podido encontrar de haberse hecho una búsqueda, pero ella se ponía frenética y no había forma de engañarla. «Tengo que sacar algo de la cómoda», le decían. Pero no había nada que hacer. Y nadie nunca pudo sacar nada de la cómoda, ni del bargueño, ni de la petaca esa. Y hasta que murió, en 1932, todo quedó como había estado en 1852. ¿Lo crees?

—Parece imposible.

—Es rigurosamente histórico. Yo también pregunté muchas veces, ¿cómo comía? ¿Cómo limpiaban la pieza? Le llevaban la comida y lograban mantener un mínimo de limpieza. Escolástica era una loca mansa e incluso hablaba normalmente sobre casi todo, excepto sobre su padre y sobre la cabeza. Durante los ochenta años que estuvo encerrada, nunca, por ejemplo, habló de su padre como si hubiese muerto. Hablaba en presente, quiero decir, como si estuviera en 1852 y como si tuviera doce años y como si su padre estuviese en Chile y fuese a venir de un momento a otro. Era una vieja tranquila. Pero su vida y hasta su lenguaje se habían detenido en 1852 y como si Rosas estuviera todavía en el poder. «Cuando ese hombre caiga», decía señalando con su cabeza hacia afuera, hacia donde había tranvías eléctricos. Parece que su realidad tenía grandes regiones huecas o quizá como encerradas también con llave, y daba rodeos astutos como los de un chico para evitar hablar de esas cosas, como si no hablando de ellas no existiesen y por lo tanto tampoco existiese la muerte de su padre. Había abolido todo lo que estaba unido al degüello de Bonifacio Acevedo.

—¿Y qué pasó con la cabeza?

—En 1932 murió Escolástica y por fin pudieron revisar la cómoda y la petaca del comandante. Estaba envuelta en trapos (parece que la vieja la sacaba todas las noches y la colocaba sobre el bargueño y se pasaba las horas mirándola o quizá dormía con la cabeza allí, como un florero). Estaba momificada y achicada, claro. Y así ha permanecido.

—¿Cómo?

—Y por supuesto, ¿qué querés que se hiciera con la cabeza? ¿Qué se hace con una cabeza en semejante situación?

—Bueno, no sé. Toda esta historia es tan absurda, no sé.

—Y sobre todo tené presente lo que es mi familia, quiero decir los Olmos, no los Acevedo.

—¿Qué es tu familia?

—¿Todavía necesitás preguntarlo? ¿No lo oís al tío Bebe tocando el clarinete? ¿No ves dónde vivimos? Decíme, ¿sabés de alguien que tenga apellido en este país y que viva en Barracas, entre pobres casas y fábricas? Comprenderás que con la cabeza no podía pasar nada normal, aparte de que nada de lo que pase con una cabeza sin el cuerpo correspondiente puede ser normal.

—¿Y entonces?

—Pues muy simple: la cabeza quedó en casa.

Martín se sobresaltó.

—¿Qué, te impresiona? ¿Qué otra cosa se podía hacer? ¿Hacer un cajoncito y un entierro chiquito para la cabeza?

Martín se rió nerviosamente, pero Alejandra permanecía seria.

—¿Y dónde la tienen?

—La tiene el abuelo Pancho, abajo, en una caja de sombreros. ¿Querés verla?

—¡Por amor de Dios! —exclamó Martín.

—¿Qué tiene? Es una hermosa cabeza y te diré que me hace bien verla de vez en cuando, en medio de tanta basura. Aquéllos al menos eran hombres de verdad y se jugaban la vida por lo que creían. Te doy el dato que casi toda mi familia ha sido unitaria, pero que ni Fernando ni yo lo somos.

—¿Fernando? ¿Quién es Fernando?

Alejandra se quedó repentinamente callada, como si hubiese dicho algo de más.

Martín quedó sorprendido. Tuvo la sensación de que Alejandra había dicho algo involuntario. Se había levantado, había ido hasta la mesita donde tenía el calentador y había puesto agua a calentar, mientras encendía un cigarrillo. Luego se asomó a la ventana.

—Vení —dijo, saliendo.

Martín la siguió. La noche era intensa y luminosa. Alejandra caminó por la terraza hacia la parte de adelante y luego se apoyó en la balaustrada.

—Antes —dijo— se veía desde aquí la llegada de los barcos al Riachuelo.

—Y ahora, ¿quién vive aquí?

—¿Aquí? Bueno, de la quinta no queda casi nada. Antes era una manzana. Después empezaron a vender. Ahí están esa fábrica y esos galpones, todo eso pertenecía a la quinta. Toda la parte de atrás de la casa también se vendió. Y esto que queda está todo hipotecado y en cualquier momento lo rematan.

—¿Y no te da pena?

Alejandra se encogió de hombros.

—No sé, tal vez lo siento por abuelo. Vive en el pasado y se va a morir sin entender lo que ha sucedido en este país. ¿Sabés lo que pasa con el viejo? Pasa que no sabe lo que es la porquería, ¿entendés? Y ahora no tiene ni tiempo ni talento para llegar a saberlo. No sé si es mejor o es peor. La otra vez nos iban a poner bandera de remate y tuve que ir a verlo a Molinari para que arreglase el asunto.

—¿Molinari?

Martín volvía a oír ese nombre por segunda vez.

—Sí, una especie de animal mitológico. Como si un chancho dirigiese una Sociedad Anónima.

Martín la miró y Alejandra añadió, sonriendo:

—Tenemos cierto género de vinculación. Te imaginás que si ponen la bandera de remate el viejo se muere.

—¿Tu padre?

—Pero no, hombre: el abuelo.

—¿Y tu padre no se preocupa del problema?

Alejandra lo miró con una expresión que podía ser la mueca de un explorador a quien se le pregunta si en el Amazonas está muy desarrollada la industria automovilística.

—Tu padre —insistió Martín, de puro tímido que era, porque precisamente sentía que había dicho un disparate (aunque no sabía por qué) y que era mejor no insistir.

—Mi padre nunca está aquí —se limitó a aclarar Alejandra, con una voz que era distinta.

Martín, como los que aprenden a andar en bicicleta y tienen que seguir adelante para no caerse y que, gran misterio, terminan siempre por irse contra un árbol o cualquier otro obstáculo, preguntó:

—¿Vive en otra parte?

—¡Te acabo de decir que no vive acá!

Martín enrojeció.

Alejandra fue hacia el otro extremo de la terraza y permaneció allá un buen tiempo. Luego volvió y se acodó sobre la balaustrada, cerca de Martín.

—Mi madre murió cuando yo tenía cinco años. Y cuando tuve once lo encontré a mi padre aquí con una mujer. Pero ahora pienso que vivía con ella mucho antes de que mi madre muriese.

Con una risa que se parecía a una risa normal como un criminal jorobado puede parecerse a un hombre sano agregó:

—En la misma cama donde yo duermo ahora.

Encendió un cigarrillo y a la luz del encendedor Martín pudo ver que en su cara quedaban restos de la risa anterior, el cadáver maloliente del jorobado.

Luego, en la oscuridad, veía cómo el cigarrillo de Alejandra se encendía con las profundas aspiraciones que ella hacía: fumaba, chupaba el cigarrillo con una avidez ansiosa y concentrada.

—Entonces me escapé de mi casa —dijo.

Esa chica pecosa es ella: tiene once años y su pelo es rojizo. Es una chica flaca y pensativa, pero violenta y duramente pensativa; como si sus pensamientos no fueran abstractos, sino serpientes enloquecidas y calientes. En alguna oscura región de su yo aquella chica ha permanecido intacta y ahora ella, la Alejandra de dieciocho años, silenciosa y atenta, tratando de no ahuyentar la aparición se retira a un lado y la observa con cautela y curiosidad. Es un juego al que se entrega muchas veces cuando reflexiona sobre su destino. Pero es un juego difícil, sembrado de dificultades, tan delicado y propenso a la frustración como dicen los espiritistas que son las materializaciones: hay que saber esperar, hay que tener paciencia y saber concentrarse con fuerza, ajeno a pensamientos laterales o frívolos. La sombra va emergiendo poco a poco y hay que favorecer su aparición manteniendo un silencio total y una gran delicadeza: cualquier cosita y ella se replegará, desapareciendo en la región de la que empezaba a salir. Ahora está allí: ya ha salido y puede verla con sus trenzas coloradas y sus pecas, observando todo a su alrededor con aquellos ojos recelosos y concentrados, lista para la pelea y el insulto. Alejandra la mira con esa mezcla de ternura y de resentimiento que se tiene para los hermanos menores, en quienes descargamos la rabia que guardamos para nuestros propios defectos, gritándole: «¡No te mordás las uñas, bestia!»

—En la calle Isabel la Católica hay una casa en ruinas. Mejor dicho, había, porque hace poco la demolieron para construir una fábrica de heladeras. Estaba desocupada desde muchísimos años atrás, por un pleito o una sucesión. Creo que era de los Miguens, una quinta que en un tiempo debe de haber sido muy linda, como ésta. Recuerdo que tenía unas paredes verde verdemar, todas descascaradas como si tuvieran lepra. Yo estaba muy excitada y la idea de fugarme y de esconderme en una casa abandonada me producía una sensación de poderío, quizá como la que deben de sentir los soldados al lanzarse al ataque, a pesar del miedo o por una especie de manifestación inversa del miedo. Leí algo sobre eso en alguna parte, ¿vos no? Te digo esto porque yo sufría grandes terrores de noche, de modo que ya te podés figurar lo que me podía esperar en una casa abandonada. Me enloquecía, veía bandidos que entraban a mi pieza con faroles, o gentes de la Mazorca con cabezas sangrantes en la mano (Justina nos contaba siempre cuentos de la Mazorca). Caía en pozos de sangre. Ni siquiera sé si todo aquello lo veía dormida o despierta; pienso que eran alucinaciones, que los veía despierta, porque los recuerdo como si ahora mismo los estuviera viviendo. Entonces daba alaridos, hasta que corría abuela Elena y me calmaba poco a poco, porque durante bastante tiempo seguía sacudiendo la cama con mis estremecimientos; eran ataques, verdaderos ataques.

De modo que planear lo que planeaba, esconderme de noche en una casa solitaria y derruida era un acto de locura. Y ahora pienso que lo planeé para que mi venganza fuera más atroz. Sentía que era una hermosa venganza y que resultaba más hermosa y más violenta cuanto más terribles eran los peligros que debía enfrentar, ¿comprendes? Como si pensara, y quizá lo haya pensado, «¡vean lo que sufro por culpa de mi padre!» Es curioso, pero desde aquella noche mi pavor nocturno se transformó, de un solo golpe, en una valentía de loco. ¿No te parece curioso? ¿Cómo se explicará ese fenómeno? Era una especie de arrogancia loca, como te digo, frente a cualquier peligro, real o imaginario. Es cierto que siempre había sido audaz y en las vacaciones que pasaba en el campo de las Carrasco, unas solteronas amigas de abuela Elena, me había acostumbrado a experiencias muy duras: corría a campo traviesa y a galope sobre una yegüita que me habían dado y que yo misma la había bautizado con un nombre que me gustaba: DESPRECIO. Y no tenía miedo de las vizcacheras, aunque varias veces rodé por culpa de las cuevas. Tenía un rifle calibre 22, para cazar, y un matagatos. Sabía nadar muy bien y a pesar de todas las recomendaciones y juramentos salía a nadar mar afuera y tuve que luchar contra la marejada más de una vez (me olvidaba decirte que el campo de las viejuchas Carrasco daba a la costa, cerca de Miramar). Y sin embargo, a pesar de todo eso, de noche temblaba de miedo ante monstruos imaginarios. Bueno, te decía, decidí escaparme y esconderme en la casa de la calle Isabel la Católica. Esperé la noche para poder treparme por la verja sin ser advertida (la puerta estaba cerrada con candado). Pero probablemente alguien me vio, y aunque al comienzo no le haya dado importancia, pues, como te imaginarás, más de un muchacho por curiosear habría hecho antes lo que yo estaba haciendo en ese momento, luego, cuando se corrió la voz por el barrio y cuando la policía intervino, el hombre habrá recordado y habrá dado el dato. Pero si las cosas fueron así, debe haber sido muchas horas después de mi escapada, porque la policía recién apareció en el caserón a las once. Así que tuve todo el tiempo para enfrentar el terror. Apenas me descolgué de la verja entré hacia el fondo bordeando la casa, por la antigua entrada cochera, en medio de yuyos y tachos viejos, de basura y gatos o perros muertos y hediondos. Me olvidaba decirte que también había llevado mi linterna, mi cuchillito de campo, y el matagatos que el abuelo Pancho me regaló cuando cumplí diez años. Como te decía, bordeé la casa por la entrada cochera y así llegué a los fondos. Había una galería parecida a la que tenemos acá. Las ventanas que daban a esa galería o corredor estaban cubiertas por persianas, pero las persianas estaban podridas y algunas casi caídas o con boquetes. No era difícil que la casa hubiese sido utilizada por vagos o linyeras para pasar la noche y hasta alguna temporada. ¿Y quién me aseguraba que esa misma noche no viniesen algunos a dormir? Con mi linterna fui recorriendo las ventanas y puertas que daban a la parte trasera, hasta que vi una puerta a cuya persiana le faltaba una hoja. Empujé la puerta y se abrió, aunque con dificultad, chirriando, como si hiciese muchísimo tiempo que no fuese abierta. Con terror, pensé en el mismo instante que entonces ni los vagos se habían atrevido a refugiarse en aquella casa de mala fama. En algún momento vacilé y pensé que lo mejor sería no entrar en la casa y pasar la noche en el corredor. Pero hacía mucho frío. Tenía que entrar e incluso hacer fuego, como había observado en tantas vistas. Pensé que la cocina sería el lugar más adecuado, porque, de ese modo, sobre el suelo de baldosas podría prender una buena fogata.

Tenía tambíen la esperanza de que el fuego ahuyentase a las ratas, animales que siempre me asquearon. La cocina estaba, como todo el resto de la casa, en la última ruina. No me sentí capaz de acostarme en el suelo, aún amontonando paja, porque imaginé que allí era más fácil que se acercara alguna rata. Me pareció mejor acostarme sobre el fogón. Era una cocina de tipo antiguo, semejante a la que tenemos nosotros y a ésas que todavía se ven en el campo, con fogones para carbón. En cuanto al resto de la casa, la exploraría al día siguiente: no tenía en ese momento, de noche, valor para recorrerla y además, por otra parte, no tenía objeto. Mi primera tarea fue juntar leña en el jardín; es decir: pedazos de cajones, maderas sueltas, paja, papeles, ramas caídas y ramas de un árbol seco que encontré. Con todo eso preparé una fogata cerca de la puerta de la cocina, cosa que no se me llenara de humo el interior. Después de algunas tentativas todo anduvo bien, y apenas vi las llamas, en medio de la oscuridad, sentí una sensación de calor, físico y espiritual. En seguida saqué de mi bolsa cosas para comer. Me senté sobre un cajón, cerca de la hoguera, y comí con ganas salamín con pan y manteca, y después dulce de batata. Mi reloj marcaba ¡recién! las ocho. No quería pensar lo que me esperaba en las largas horas de la noche.

La policía llegó a las once. No sé si, como te dije, alguien habría visto que un chico trepaba la verja. También es probable que algún vecino haya visto fuego o el humo de la hoguera que encendí, o mis movimientos por allí dentro con la linterna. Lo cierto es que la policía llegó y debo confesarte que la vi llegar con alegría. Quizá si hubiese tenido que pasar toda la noche, cuando todos los ruidos externos van desapareciendo y cuando tenés de verdad la sensación de que la ciudad duerme, creo que me hubiera enloquecido con la corrida de las ratas y los gatos, con el silbido del viento y con los ruidos que mi imaginación podía atribuir también a fantasmas. Así que cuando llegó la policía yo estaba despierta, arrinconada arriba del fogón y temblando de miedo.

No te puedo decir la escena en mi casa, cuando me llevaron. Abuelo Pancho, el pobre, tenía los ojos llenos de lágrimas y no terminaba de preguntarme por qué había hecho semejante locura. Abuela Elena me retaba y al mismo tiempo me acariciaba, histéricamente. En cuanto a tía Teresa, tía abuela en realidad, que se la pasaba siempre en los velorios y en la sacristía, gritaba que debían meterme cuanto antes de pupila, en la escuela de la avenida Montes de Oca. Los conciliábulos deben de haber seguido durante buena parte de esa noche, porque yo los oía discutir allá en la sala. Al otro día supe que la abuela Elena había terminado por aceptar el punto de vista de tía Teresa, más que todo, lo creo ahora, porque pensaba que yo podía repetir aquella barbaridad en cualquier momento; y porque sabía, además, que yo quería mucho a la hermana Teodolina. A todo esto, por supuesto, yo me negué a decir nada y estuve todo el tiempo encerrada en mi pieza. Pero, en el fondo, no me disgustó la idea de irme de esta casa: suponía que de ese modo mi padre sentiría más mi venganza.

No sé si fue mi entrada en el colegio, mi amistad con la hermana Teodolina o la crisis, o todo junto. Pero me precipité en la religión con la misma pasión con que nadaba o corría a caballo: como si jugara la vida. Desde ese momento hasta que tuve quince. Fue una especie de locura *con la misma furia con que nadaba de noche en el mar, en noches tormentosas, como si nadase furiosamente en una gran noche religiosa, en medio de tinieblas, fascinada por la gran tormenta interior.*

Ahí está el padre Antonio: habla de la Pasión y describe con fervor los sufrimientos, la humillación y el sangriento sacrificio de la Cruz. El padre Antonio es alto y, cosa extraña, se parece a su padre. Alejandra llora, primero en silencio, y luego su llanto se vuelve violento y finalmente convulsivo. Huye. Las monjas corren asustadas. Ve ante sí a la hermana Teodolina, consolándola, y luego se acerca el padre Antonio, que también intenta consolarla. El suelo empieza a moverse, como si ella estuviera en un bote. El suelo ondula como un mar, la pieza se agranda más y más, y luego todo empieza a dar vueltas: primero con lentitud y enseguida vertiginosamente. Suda. El padre Antonio se acerca, su mano es ahora gigantesca, su mano se acerca a su mejilla como un murciélago caliente y asqueroso. Entonces cae fulminada por una gran descarga eléctrica.

—¿Qué pasa, Alejandra? —gritó Martín, precipitándose sobre ella.

Se había derrumbado y permanecía rígida, en el suelo, sin respirar, su rostro fue poniéndose violáceo, y de pronto tuvo convulsiones.

—¡Alejandra! ¡Alejandra!

Pero ella no lo oía, ni sentía sus brazos: gemía y mordía sus labios.

Hasta que como una tempestad en el mar que se calma poco a poco, sus gemidos fueron espaciándose y haciéndose más tiernos y lastimeros, su cuerpo fue aquitándose y por fin quedó blando y como muerto. Martín la levantó entonces en sus brazos y la llevó a su pieza, poniéndola sobre la cama. Después de una hora o más Alejandra abrió sus ojos, miró en torno, como borracha. Luego se sentó, pasó sus manos por la cara, como si quisiera despejarse, y quedó largo rato en silencio. Mostraba tener un cansancio enorme.

Después se levantó, buscó píldoras y las tomó.

Martín la observaba asustado.

—No pongás esa cara. Si a vas a ser amigo mío tendrás que acostumbrarte a todo esto. No pasa nada importante.

Buscó un cigarrillo en la mesita y se puso a fumar. Durante largo tiempo descansó en silencio. Al cabo preguntó:

—¿De qué te estaba hablando?

Martín se lo recordó.

—Pierdo la memoria, sabés.

Se quedó pensativa, fumando, y luego agregó:

—Salgamos afuera, quiero tomar aire.

Se acodaron sobre la balaustrada de la terraza.

—Así que te estaba hablando de aquella fuga.

Fumó en silencio.

—Conmigo no ganaban ni para sustos, decía la hermana Teodolina. Me torturaba días enteros analizando mis sentimientos, mis reacciones. Desde aquello que me pasó con el padre Antonio inicié una serie de mortificaciones: me arrodillaba horas sobre vidrios rotos, me dejaba caer la cera ardiendo de los cirios sobre la manos, hasta me corté en el brazo con una hoja de afeitar. Y cuando la hermana Teodolina, llorando, me quiso obligar a que le dijera por qué me había cortado, no le quise decir nada, y en realidad yo misma no lo sabía, y creo que todavía no lo sé. Pero la hermana Teodolina me decía que no debía hacer esas cosas, que a Dios no le gustaban esos excesos y que también en esas actitudes había un enorme orgullo satánico. ¡Vaya la novedad! Pero aquello era más fuerte, más invencible que cualquier argumentación. Ya verás cómo terminaría toda aquella locura.

Se quedó pensativa.

—Qué curioso —dijo al cabo de un rato—, trato de recordar el paso de aquel año y no puedo recordar más que escenas sueltas, una al lado de otra. ¿A vos te pasa lo mismo? Yo ahora siento el paso del tiempo, como si corriera por mis venas, con la sangre y el pulso. Pero cuando trato de recordar el pasado no siento lo mismo: veo escenas sueltas paralizadas como en fotografías.

Su memoria está compuesta de fragmentos de existencia, estáticos y eternos: el tiempo no pasa, en efecto, entre ellos, y cosas que sucedieron en épocas muy remotas entre sí están unas junto a otras vinculadas o reunidas por extrañas antipatías y simpatías. O acaso salgan a la superficie de la conciencia unidas por vínculos absurdos, pero poderosos, como una canción, una broma o un odio común. Como ahora, para ella, el hilo que las une y que las va haciendo salir una después de otra es cierta ferocidad en la búsqueda de algo absoluto, cierta perplejidad, la que une palabras como padre, Dios, playa, pecado, pureza, mar, muerte.

—Me veo un día de verano y oigo a la abuela Elena que dice: «Alejandra tiene que ir al campo, es necesario que salga de acá, que tome aire». Curioso: recuerdo que en ese momento abuela tenía un dedal de plata en la mano.

Se rió.

—¿Por qué te reís? —preguntó Martín, intrigado.

—Nada, nada de importancia. Me mandaron, pues, al campo de las viejuchas Carrasco, parientes lejanas de abuela Elena. No sé si te dije que ella no era de la familia Olmos, sino que se llamaba Lafitte. Era una mujer buenísima y se casó con mi abuelo Patricio, hijo de don Pancho. Algún día te contaré algo de abuelo Patricio, que murió. Bueno, como te decía, las Carrasco eran primas segundas de abuela Elena. Eran solteronas, eternas, hasta los nombres que tenían eran absurdos: Ermelinda y Rosalinda. Eran unas santas y en realidad para mí eran tan indiferentes como una losa de mármol o un costurero; ni las oía cuando hablaban. Eran tan candorosas que si hubiesen podido leer un solo segundo en mi cabeza se hubieran muerto de susto. Así que me gustaba ir al campo de ellas: tenía toda la libertad que quería y podía correr con mi yegüita hasta la playa, porque el campo de las viejas daba al océano, un poco al sur de Miramar. Además, ardía en deseos de estar sola, de nadar, de correr con la tordilla, de sentirme sola frente a la inmensidad de la naturaleza, bien lejos de la playa donde se amontonaba toda la gente inmunda que yo odiaba. Hacía un año que no veía a Marcos Molina y también esa perspectiva me interesaba. ¡Había sido un año tan importante! Quería contarle mis nuevas ideas, comunicarle un proyecto grandioso, inyectarle mi ardiente fe. Todo mi cuerpo estallaba con fuerza, y si siempre fui medio salvaje, en aquel verano la fuerza parecía haberse multiplicado, aunque tomando otra dirección. Durante aquel verano Marcos sufrió bastante. Tenía quince años, uno más que yo. Era bueno, muy atlético. En realidad, ahora que pienso llegará a ser un excelente padre de familia y seguro que dirigirá alguna sección de la Acción Católica. No te creas que fuese tímido, pero era del género buen muchacho, del género católico pelotudo: de buena fe y bastante sencillo y tranquilo. Ahora pensá lo siguiente: apenas llegué al campo me lo agarré por mi cuenta y empecé a tratar de convencerlo para que nos fuésemos a la China o al Amazonas apenas tuviésemos dieciocho años. Como misioneros, ¿entendés? Nos íbamos a caballo, bien lejos, por la playa, hacia el sur. Otras veces íbamos en bicicleta o caminábamos durante horas. Y con largos discursos, llenos de entusiasmo, intentaba hacerle comprender la grandeza de una actitud como la que yo le proponía. Le hablaba del padre Damián y de sus trabajos con los leprosos de la Polinesia, le contaba historias de misioneros en China y África, y la historia de las monjas que sacrificaron los indios en el Matto Grosso. Para mí, el goce más grande que podía sentir era el de morir en esa forma, martirizada. Me imaginaba como los salvajes nos agarraban, cómo me desnudaban y me ataban a un árbol con sogas y cómo luego, en medio de alaridos y danzas, se acercaban con un cuchillo de piedra afilada, me abrían el pecho y me arrancaban el corazón sangrante.

Alejandra se quedó callada, volvió a encender el cigarrillo que se le había apagado, y luego prosiguió:

—Marcos era católico, pero me escuchaba mudo. Hasta que un día me terminó por confesar que esos sacrificios de misioneros que morían y sufrían el martirio por la fe eran admirables, pero que él no se sentía capaz de hacerlo. Y que de todos modos pensaba que se podía servir a Dios en otra forma más modesta, siendo una buena persona y no haciendo el mal a nadie. Esas palabras me irritaron.

—¡Sos un cobarde! —le grité con rabia.

Estas escenas, con ligeras variantes, se repitieron dos o tres veces.

Él se quedaba mortificado, humillado. Yo me iba en ese momento de su lado y dando un rebencazo a mi tordilla me volvía a galope tendido, furiosa y llena de desdén por aquel pobre diablo. Pero al otro día volvía a la carga, más o menos sobre lo mismo. Hasta hoy no comprendo el porqué de mi empecinamiento, ya que Marcos no me despertaba ningún género de admiración. Pero lo cierto es que yo estaba obsesionada y no le daba descanso.

—Alejandra —me decía con bonhomía, poniéndome una de sus manazas sobre el hombro—, ahora dejate de predicar y vamos a bañarnos.

—¡No! ¡Momento! —exclamaba yo, como si él estuviera queriendo rehuir un compromiso previo. Y nuevamente a lo mismo.

A veces le hablaba del matrimonio.

—Yo no me casaré nunca —le explicaba—. Es decir, no tendré nunca hijos, si me caso.

Él me miró extrañado, la primera vez que se lo dije.

—¿Sabés cómo se tienen los hijos? —le pregunté.

—Más o menos —respondió, poniéndose colorado.

—Bueno, si lo sabés, comprenderás que es una porquería.

Le dije esas palabras con firmeza, casi con rabia, y como si fuesen un argumento más en favor de mi teoría sobre las misiones y el sacrificio.

—Me iré, pero tengo que irme con alguien, ¿comprendés? Tengo que casarme con alguien porque si no me harán buscar con la policía y no podré salir del país. Por eso he pensado que podría casarme contigo. Mirá: ahora tengo catorce años y vos tenés quince. Cuando yo tenga dieciocho termino el colegio y nos casamos, con autorización del juez de menores. Nadie puede prohibirnos ese casamiento. Y en último caso nos fugamos y entonces tendrán que aceptarlo. Entonces nos vamos a China o al Amazonas. ¿Qué te parece? Pero nos casamos nada más que para poder irnos tranquilos, ¿comprendés?, no para tener hijos, ya te expliqué. No tendremos hijos nunca. Viviremos siempre juntos, recorreremos países salvajes, pero ni nos tocaremos siquiera. ¿No es hermosísimo?

Me miró asombrado.

—No debemos rehuir el peligro —proseguí—. Debemos enfrentarlo y vencerlo. No te vayas a creer, tengo tentaciones, pero soy fuerte y capaz de dominarlas. ¿Te imaginás qué lindo vivir juntos durante años, acostarnos en la misma cama, a lo mejor vernos desnudos y vencer la tentación de tocarnos y de besarnos?

Marcos me miraba asustado.

—Me parece una locura todo lo que estás diciendo —comentó—. Además, ¿no manda Dios tener hijos en el matrimonio?

—¡Te digo que yo nunca tendré hijos! —le grité—. !Y te advierto que jamás me tocarás y que nadie, nadie, me tocará!

Tuve un estallido de odio y empecé a desnudarme.

—¡Ahora vas a ver! —grité, como desafiándolo.

Había leído que los chinos impiden el crecimiento de los pies de sus mujeres metiéndolos en hormas de hierro y que los sirios, creo, deforman la cabeza de sus chicos, fajándoselas. En cuanto me empezaron a salir los pechos empecé a usar una larga tira que corté de una sábana y que tenía como tres metros de largo: me daba varias vueltas, ajustándome bárbaramente. Pero los pechos crecieron lo mismo, como esas plantas que nacen en las grietas de las piedras y terminan rajándolas. Así que una vez que me hube quitado la blusa, la pollera y la bombacha, me empecé a sacar la faja. Marcos, horrorizado, no podía dejar de mirar mi cuerpo. Parecía un pájaro fascinado por una serpiente.

Cuando estuve desnuda, me acosté sobre la arena y lo desafié:

—¡Vamos, desnudate vos ahora! ¡Probá que sos un hombre!

—¡Alejandra! —balbuceó Marcos—. ¡Todo lo que estás haciendo es una locura y un pecado!

Repitió como un tartamudo lo del pecado, varias veces, sin dejar de mirarme, y yo, por mi parte, le seguía gritando maricón, con desprecio cada vez mayor. Hasta que, apretando las mandíbulas y con rabia, empezó a desnudarse. Cuando estuvo desvestido, sin embargo, parecía habérsele terminado la energía, porque se quedó paralizado, mirándome con miedo.

—Acostate acá —le ordené.

—Alejandra, es una locura y un pecado.

—¡Vamos, acostate acá! —le volví a ordenar.

Terminó por obedecerme.

Quedamos los dos mirando al cielo, tendidos de espaldas sobre la arena caliente, uno al lado del otro. Se produjo un silencio abrumador, se podía oír el chasquido de las olas contra las toscas. Arriba, las gaviotas chillaban y evolucionaban sobre nosotros. Yo sentí la respiración de Marcos, que parecía haber corrido una larga carrera.

—¿Ves qué sencillo? —comenté—. Así podremos estar siempre.

—¡Nunca, nunca! —gritó Marcos, mientras se levantaba con violencia, como si huyera de un gran peligro.

Se vistió con rapidez, repitiendo «¡nunca, nunca! ¡Estás loca, estás completamente loca!».

Yo no dije nada, pero me sonreía con satisfacción. Me sentía poderosísima.

Y como quien no dice nada, me limité a decir:

—Si me tocabas, te mataba con mi cuchillo.

Marcos quedó paralizado por el horror. Luego, de pronto, salió corriendo para el lado de Miramar.

Recostada sobre un lado vi cómo se alejaba. Luego me levanté y corrí hacia el agua. Nadé durante mucho tiempo, sintiendo cómo el agua salada envolvía mi cuerpo desnudo. Cada partícula de mi carne parecía vibrar con el espíritu del mundo.

Durante varios días Marcos desapareció de Piedras Negras. Pensé que estaba asustado o, acaso, que se había enfermado. Pero una semana después reapareció, tímidamente. Yo hice como si no hubiera pasado nada y salimos a caminar, como otras veces. Hasta que de pronto le dije:

—¿Y, Marcos? ¿Pensaste en lo del casamiento?

Marcos se detuvo, me miró seriamente y me dijo, con firmeza:

—Me casaré contigo, Alejandra. Pero no en la forma que decís.

—¿Cómo? —exclamé—. ¿Qué estás diciendo?

—Que me casaré para tener hijos, como hacen todos.

—Sentí que mis ojos se ponían rojos, o vi todo rojo. Sin darme del todo cuenta me encontré lanzándome contra Marcos. Caímos al suelo, luchando. Aun cuando Marcos era fuerte y tenía un año más que yo, al principio luchando en forma pareja, creo que porque mi furor multiplicaba mi fuerza. Recuerdo que de pronto hasta logré ponerlo debajo y con mis rodillas le di golpes sobre el vientre. Mi nariz sangraba, gruñíamos como dos enemigos mortales. Marcos hizo por fin un gran esfuerzo y se dio vuelta. Pronto estuvo sobre mí. Sentí que sus manos me apretaban y que retorcía mis brazos como tenazas. Me fue dominando y sentí su cara cada vez más cerca de la mía. Hasta que me besó.

Le mordí los labios y se separó gritando de dolor. Me soltó y salió corriendo.

Yo me incorporé, pero, cosa extraña, no lo perseguí: me quedé petrificada, viendo cómo se alejaba. Me pasé la mano por la boca y me refregué los labios, como queriéndolos limpiar de suciedad. Y poco a poco sentí que la furia volvía a subir en mí como el agua hirviendo en una olla. Entonces me quité la ropa y corrí hacia el agua. Nadé durante mucho tiempo, quizá horas, alejándome de la playa, mar adentro.

Experimentaba una extraña voluptuosidad cuando las olas me levantaban. Me sentí a la vez poderosa y solitaria, desgraciada y poseída por los demonios. Nadé. Nadé hasta que sentí que las fuerzas se me acababan. Entonces empecé a bracear hacia la playa.

Me quedé mucho tiempo descansando en la arena, de espaldas sobre la arena caliente, observando las gaviotas que planeaban. Muy arriba, nubes tranquilas e inmóviles daban una sensación de absoluta calma al anochecer, mientras mi espíritu era un torbellino y vientos furiosos lo agitaban y desgarraban: mirándome hacia adentro, parecía ver a mi conciencia como un barquito sacudido por una tempestad.

Volví a casa cuando ya era de noche, llena de rencor indefinido, contra todo y contra mí misma. Me sentí llena de ideas criminales. Odiaba una cosa: haber sentido placer en aquella lucha y en aquel beso. Todavía en mi cama, de espaldas mirando el techo, seguía dominada por una sensación imprecisa que me estremecía la piel como si tuviera fiebre. Lo curioso es que casi no recordaba a Marcos como Marcos (en realidad, ya te dije que me parecía bastante zonzo y que nunca le tuve admiración): era más bien una confusa sensación en la piel y en la sangre, el recuerdo de brazos que me estrujaban, el recuerdo de un peso sobre mis pechos y mis muslos. No sé cómo explicarte, pero era como si lucharan dentro de mí dos fuerzas opuestas, y esa lucha, que no alcanzaba a entender, me angustiaba y me llenaba de odio. Y ese odio parecía alimentado por la misma fiebre que estremecía mi piel y que se concentraba en la punta de mis pechos.

No podía dormir. Miré la hora: era cerca de las doce. Casi sin pensarlo, me vestí y me descolgué, como otras veces, por la ventana de mi cuarto hacia el jardincito. No sé si te dije ya que las Carrasco tenían, además, una casita en el mismo Miramar, donde pasaban a veces semanas o fines de semana. Estábamos entonces allí.

Casi corriendo fui hasta la casa de Marcos (aunque había jurado no verlo nunca más).

El cuarto de él daba a la calle, en el piso de arriba. Silbé, como otras veces, y esperé.

No respondía. Busqué una piedrita en la calle y la arrojé contra su ventana, que estaba abierta, y volví a silbar. Por fin se asomó y me preguntó, asombrado, qué pasaba.

—Bajá —le dije—. Quiero hablarte.

Creo que todavía hasta ese momento no había comprendido que quería matarlo, aunque tuve la precaución de llevar mi cuchillito de campo.

—No puedo, Alejandra —me respondió—. Mi padre está muy enojado y si me oye va a ser peor.

—Si no bajás —le respondí con rencorosa calma— va a ser mucho peor, porque voy a subir yo.

Vaciló un instante, midió quizá las consecuencias que le podía atraer mi propósito de subir y entonces me dijo que esperara.

Al poco rato apareció por la puerta trasera.

Me puse a caminar delante de él.

—¿Adónde vas? —me preguntó alarmado—, ¿qué te proponés?

No contesté y seguí hasta llegar a un baldío que había a media cuadra de su casa. Él venía siempre atrás, como arrastrado.

Entonces me volví bruscamente hacia él y le dije:

—¿Por qué me besaste, hoy?

Mi voz, mi actitud, qué sé yo, lo que sea, debe de haberlo impresionado, porque casi no podía hablar.

—Respondé —le dije con energía.

—Perdoname —balbuceó—, lo hice sin querer...

Tal vez alcanzó a vislumbrar el brillo de la hoja, quizá fue solamente el instinto de conservación, pero se lanzó casi al mismo tiempo sobre mí y con sus dos manos me sujetó mi brazo derecho, forcejeando para hacerme caer el cuchillito. Logró por fin arrancármelo y lo arrojó lejos, entre los yuyos. Yo corrí y llorando de rabia empecé a buscarlo, pero era absurdo intentar encontrarlo entre aquella maraña, y de noche. Entonces salí corriendo hacia abajo, hacia el mar: me había acometido la idea de salir mar afuera y dejarme ahogar. Marcos corrió detrás, acaso sospechando mi propósito, y de pronto sentí que me daba un golpe detrás de la oreja. Me desmayé. Según supe después, me levantó y me llevó hasta la casa de las Carrasco, dejándome en la puerta y tocando el timbre, hasta que vio que se encendían las luces y que venían a abrir, huyendo en ese momento. A primera vista puede pensarse que esto era una barbaridad, por el escándalo que se provocaría. Pero ¿qué otra cosa podía hacer Marcos? Si se hubiera quedado, conmigo desmayada a su lado, a las doce de la noche, cuando las viejas creían que yo estaba en mi cama durmiendo, ¿te imaginás la que se hubiera armado? Dentro de todo, hizo lo más apropiado. De cualquier modo, ya te podrás imaginar el escándalo. Cuando volví en mí, estaban las dos Carrasco, la mucama y la cocinera, todas encima, con colonia, con abanicos, qué sé yo. Lloraban y se lamentaban como si estuvieran delante de una tragedia abominable. Me interrogaban, daban chillidos, se persignaban, decían Dios mío, daban órdenes, etc.

Fue una catástrofe.

Te imaginarás que me negué a dar explicaciones.

Se vino abuela Elena, consternada y que, en vano, trató de sacarme lo que había detrás de todo. Tuve una fiebre que me duró casi todo el verano.

Hacia fines de febrero empecé a levantarme.

Me había vuelto casi muda y no hablaba con nadie. Me negué a ir a la Iglesia, pues me horrorizaba la sola idea de confesar mis pensamientos del último tiempo.

Cuando volvimos a Buenos Aires, tía Teresa (no sé si te hablé ya de esa vieja histérica, que se pasaba la vida entre velorios y misas, siempre hablando de enfermedades y tratamientos), tía Teresa dijo, en cuanto me tuvo enfrente:

—Sos el retrato de tu padre. Vas a ser una perdida. Me alegro que no seas hija mía.

Salí hecha una furia contra la vieja loca. Pero, cosa extraña, mi furia mayor no era contra ella sino contra mi padre, como si la frase de mi tía abuela me hubiese golpeado a mí, como si un bumerang hubiese ido hasta mi padre y finalmente, de nuevo, a mí.

Le dije a abuela Elena que quería irme al colegio, que no dormiría ni un día en esta casa. Me prometió hablar con la hermana Teodolina para que me recibieran de algún modo antes del período de las clases. No sé lo que habrán hablado las dos, pero la verdad es que buscaron la forma de recibirme. Esa misma noche me arrodillé delante de mi cama y pedí a Dios que hiciera morir a mi tía Teresa. Lo pedí con una unción feroz y lo repetí durante varios meses, cada noche, al acostarme y también en mis largas horas de oración en la capilla. Mientras tanto, y a pesar de todas las instancias de la hermana Teodolina, me negué a confesarme: mi idea, bastante astuta, era primero lograr la muerte de tía, y después confesarme; porque (pensaba) si me confesaba antes tendría que decir lo que planeaba y me vería obligada a desistir.

Pero tía Teresa no murió. Tía Teresa había dicho que yo iba a ser una perdida y por lo tanto Dios también pensaba así, y no sólo lo pensaba sino que seguramente lo quería. Empecé a planear mi venganza, y como si Marcos Molina fuera el representante de Dios sobre la tierra, imaginé lo que haría con él apenas llegase a Miramar. Entretanto llevé a cabo algunas tareas menores: rompí la cruz que había sobre mi cama, eché al inodoro las estampas y me limpié con el traje de comunión como si fuera papel higiénico, tirándolo después a la basura.

Supe que los Molina ya se habían ido a Miramar y entonces la convencí a abuela Elena para que telefoneara a las viejuchas Carrasco. Salí al otro día, llegué a Miramar cerca de la hora de comer y tuve que seguir hasta la estancia en el auto que me esperaba, sin poder ver ese día a Marcos.

Esa noche no pude dormir.

El calor es insoportable y pesado. La luna, casi llena, está rodeada de un halo amarillento como de pus. El aire está car-

gado de electricidad y no se mueve ni una hoja: todo anuncia la tormenta. Alejandra da vueltas y vueltas en la cama, desnuda y sofocada, tensa por el calor, la electricidad y el odio. La luz de la luna es tan intensa que en el cuarto todo es visible. Alejandra se acerca a la ventana y mira la hora en su relojito: las dos y media. Entonces mira hacia afuera: el campo aparece iluminado como en una escenografía nocturna de teatro; el monte inmóvil y silencioso parece encerrar grandes secretos; el aire está impregnado de un perfume casi insoportable de jazmines y magnolias. Los perros están inquietos, ladran intermitentemente y sus respuestas se alejan y vuelven a acercarse, en flujos y reflujos. Hay algo malsano en aquella luz amarillenta y pesada, algo como radiactivo y perverso. Alejandra tiene dificultad en respirar y siente que el cuarto la agobia. Entonces, en un impulso irresistible, se echa descolgándose por la ventana. Camina por el césped del parque y el Milord *la siente y le mueve la cola. Siente en la planta de sus pies el contacto húmedo y áspero-suave del césped. Se aleja hacia el lado del monte, y cuando está lejos de la casa, se echa sobre la hierba, abriendo todo lo que puede sus brazos y sus piernas. La luna le da de pleno, sobre su cuerpo desnudo y siente su piel estremecida por la hierba. Así permanece largo tiempo: está como borracha y no tiene ninguna idea precisa en la mente. Siente arder su cuerpo y pasa sus manos a lo largo de sus flancos, sus muslos, su vientre. Al rozarse apenas con las yemas sus pechos siente que toda su piel se eriza y se estremece como la piel de los gatos.*

Al otro día, temprano, ensillé la petisa y corrí a Miramar. No sé si te dije ya que mis encuentros con Marcos eran siempre clandestinos, porque ni su familia me podía ver a mí, ni yo los tragaba a ellos. Sus hermanas, sobre todo, eran dos taraditas cuya máxima aspiración consistía en casarse con jugadores de polo y aparecer el mayor número de veces en *Atlántida* o *El Hogar*. Tanto Mónica como Patricia me detestaban y corrían con el chisme en cuanto me veían con el hermanito. Así que mi sistema de comunicación con él era silbar bajo su ventana, cuando imaginaba que podía estar allí, o dejarle un mensaje a Lomónaco, el bañero. Ese día, cuando llegué a la casa, se había ido, porque no respondió a mis silbidos. Así que fui hasta la playa y le pregunté a Lomónaco si lo había visto: me dijo que se había ido al Dormy House y que recién volvería a la tarde. Pensé por un momento en ir a buscarlo, pero desistí porque me comunicó que se había ido con las hermanas y otras amigas. No quedaba otro recurso que esperarlo. Entonces le dije que yo lo esperaría en Piedras Negras a las seis de la tarde.

Bastante malhumorada, volví a la estancia.

Después de la siesta me encaminé con la petisa hacia Piedras Negras. Y allá lo esperé.

La tormenta que se anunciaba desde el día anterior se ha ido cargando durante la jornada: el aire se ha ido convirtiendo en un fluido pesado y pegajoso, nubes enormes han ido surgiendo durante la mañana hacia la región del oeste y, durante la siesta, como de un gigantesco y silencioso hervidero han ido cubriendo todo el cielo. Tirada a la sombra de unos pinos, sudorosa e inquieta, Alejandra siente cómo la atmósfera se está cargando minuto a minuto con la electricidad que precede a las grandes tempestades.

Mi descontento, y mi irritación aumentaban a medida que transcurría la tarde, impaciente por la demora de Marcos. Hasta que por fin apareció cuando la noche se venía encima, precipitada por los nubarrones que avanzaban desde el oeste.

Llegó casi corriendo y yo pensé: tiene miedo de la tormenta. Todavía hoy me pregunto por qué descargaba todo mi odio a Dios sobre aquel pobre infeliz, que más bien parecía adecuado para el menosprecio. No sé si porque era un tipo de católico que siempre me pareció muy representativo, o porque era tan bueno y por lo tanto la injusticia de tratarlo mal tenía más sabor. También puede que haya sido porque tenía algo puramente animal que me atraía, algo estrictamente físico, es cierto, pero que calentaba la sangre.

—Alejandra —dijo—, se viene la tormenta y me parece mejor que volvamos a Miramar.

Me puse de costado y lo miré con desprecio.

—Apenas llegás —le dije—, recién me ves, ni siquiera tratás de saber por qué te he buscado y ya estás pensando en volver a casita.

Me senté, para quitarme la ropa.

—Tengo mucho que hablar contigo, pero antes vamos a nadar.

—Estuve todo el día en el agua, Alejandra. Y además —añadió, señalando con un dedo hacia el cielo —mirá lo que se viene.

—No importa. Vamos a nadar lo mismo.

—No traje la malla.

—¿La malla? —pregunté con sorna—. Yo tampoco tengo malla.

Empecé a quitarme el blue-jean.

Marcos, con una firmeza que me llamó la atención, dijo:

—No, Alejandra, yo me iré. No tengo malla y no nadaré desnudo, contigo.

Yo me había quitado el blue-jean. Me detuve y con aparente inocencia, como si no comprendiera sus razones, le dije:

—¿Por qué? ¿Tenés miedo? ¿Qué clase de católico sos que necesitás estar vestido para no pecar? ¿Así que desnudo sos otra persona?

Empezaba a quitarme las bombachas, agregué:

—Siempre pensé que eras un cobarde, el típico católico cobarde.

Sabía que eso iba a ser decisivo. Marcos, que había apartado la mirada de mí desde el momento en que yo me dispuse a quitarme las bombachas, me miró, rojo de vergüenza y de rabia, y apretando sus mandíbulas empezó a desnudarse.

Había crecido mucho durante ese año, su cuerpo de deportista se había ensanchado, su voz era ahora de hombre y había perdido los ridículos restos de niño que tenía el año anterior: tenía dieciséis años, pero era muy fuerte y desarrollado para su edad. Yo, por mi parte, había abandonado la absurda faja y mis pechos habían crecido libremente; también se habían ensanchado mis caderas y sentía en todo mi cuerpo una fuerza poderosa que me impulsaba a realizar actos portentosos.

Con el deseo de mortificarlo, lo miré minuciosamente cuando estuvo desnudo.

—Ya no sos el mocoso del año pasado, ¿eh?

Marcos, avergonzado, había dado vuelta su cuerpo y estaba colocado casi de espaldas a mí.

—Hasta te afeitás.

—No veo nada de malo en afeitarme —comentó con rencor.

—Nadie te ha dicho que sea malo. Observo sencillamente que te afeitás.

Sin responderme, y quizá para no verse obligado a mirarme desnuda y a mostrar él su desnudez, corrió hacia el agua, en momentos en que un relámpago iluminó todo el cielo, como una explosión. Entonces, como si ese estallido hubiese sido la señal, los relámpagos y truenos empezaron a sucederse. El gris plomizo del océano se había ido oscureciendo, al mismo tiempo que el agua se embravecía. El cielo, cubierto por los sombríos nubarrones, era iluminado a cada instante como por fogonazos de una inmensa máquina fotográfica.

Sobre mi cuerpo tenso y vibrante empezaron a caer las primeras gotas de agua; corrí hacia el mar. Las olas golpeaban con furia contra la costa.

Nadamos mar afuera. Las olas me levantaban como una pluma en un vendaval y yo sentía una prodigiosa sensación de fuerza y a la vez de fragilidad. Marcos no se alejaba de mí y dudé si sería por temor hacia él mismo o hacia mí.

Entonces él me gritó:

—¡Volvamos, Alejandra! ¡Pronto no sabremos ni hacia dónde está la playa!

—¡Siempre cauteloso! —le grité.

—¡Entonces me vuelvo solo!

No respondí nada y además era ya imposible entenderse. Empecé a nadar hacia la costa. Las nubes ahora eran negras y desgarradas por los relámpagos y los truenos continuos, parecían venir rodando desde lejos para estallar sobre nuestras cabezas.

Llegamos a la playa. Y corrimos al lugar donde teníamos la ropa cuando la tempestad se desencadenó finalmente en toda su furia: un viento salvaje y helado barría la playa mientras la lluvia comenzaba a precipitarse en torrentes.

Era imponente: solos, en medio de una playa solitaria, desnudos, sintiendo sobre nuestros cuerpos el agua aquella barrida por el vendaval enloquecido, en aquel paisaje rugiente iluminado por estallidos.

Marcos, asustado, intentaba vestirse. Caí sobre él y le arrebaté el pantalón.

Y apretándome contra él, de pie, sintiendo su cuerpo musculoso y palpitante contra mis pechos y mi vientre, empecé a besarlo, a morderle los labios, las orejas, a clavarle las uñas en las espaldas.

Forcejeó y luchamos a muerte. Cada vez que lograba apartar su boca de la mía, barboteaba palabras ininteligibles, pero seguramente desesperadas. Hasta que pude oír que gritaba:

—¡Dejame, Alejandra, dejame por amor de Dios! ¡Iremos los dos al infierno!

—¡Imbécil! —le respondí—. ¡El infierno no existe! ¡Es un cuento de los curas para embaucar infelices como vos! ¡Dios no existe!

Luchó con desesperada energía y logró por fin arrancarme de su cuerpo.

A la luz de un relámpago vi en su cara la expresión de un horror sagrado. Con sus ojos muy abiertos, como si estuviera viviendo una pesadilla, gritó:

—¡Estás loca, Alejandra! ¡Estás completamente loca, estás endemoniada!

—¡Me río del infierno, imbécil! ¡Me río del castigo eterno!

Me poseía una energía atroz y sentía a la vez una mezcla de fuerza cósmica, de odio y de indecible tristeza. Riéndome y llorando, abriendo los brazos, con esa teatralidad que tenemos cuando adolescentes, grité repetidas veces hacia arriba, desafiando a Dios que me aniquilase con sus rayos, si existía.

Alejandra mira su cuerpo desnudo, huyendo a toda carrera, iluminado fragmentariamente por los relámpagos; grotesco y conmovedor, piensa que nunca más lo volverá a ver.

El rugido del mar y de la tempestad parecen pronunciar sobre ella oscuras y temibles amenazas de la Divinidad.

VII

Volvieron al cuarto. Alejandra fue hasta su mesita de luz y sacó dos píldoras rojas de un tubo. Luego se sentó al borde de la cama y golpeando con la palma de su mano izquierda a su lado le dijo a Martín:

—Sentate.

Mientras él se sentaba, ella, sin agua, tragaba las dos píldoras. Luego se recostó en la cama, con las piernas encogidas cerca del muchacho.

—Tengo que descansar un momento —explicó, cerrando los ojos.

—Bueno, entonces me voy —dijo Martín.

—No, no te vayas todavía —murmuró ella, como si estuviera a punto de dormirse—; después seguiremos hablando..., es un momento...

Y empezó a respirar hondamente, ya dormida.

Había dejado caer sus zapatos al suelo y sus pies desnudos estaban cerca de Martín, que estaba perplejo y todavía emborrachado por el relato de Alejandra en la terraza: todo era absurdo, todo sucedía según una trama disparatada y cualquier cosa que él hiciera o dejara de hacer parecía inadecuada.

¿Qué hacía él allí? Se sentía estúpido y torpe. Pero, por alguna razón que no alcanzaba a comprender, ella parecía necesitarlo; ¿no lo había ido a buscar? ¿No le había contado sus experiencias con Marcos Molina? A nadie, pensó con orgullo y perplejidad, a nadie se las había contado antes, estaba seguro. Y no había querido que se fuese y se había dormido a su lado, se había dejado dormir a su lado, había heco ese supremo gesto de confianza que es dormirse al lado de otro: como un guerrero que deja su armadura. Ahí estaba, indefensa pero misteriosa e inaccesible. Tan cerca, pero separada por la muralla ingrávida pero infranqueable y tenebrosa del sueño.

Martín la miró: estaba de espaldas, respirando ansiosamente por su boca entreabierta, su gran boca desdeñosa y sensual. Su pelo largo y lacio, renegrido (con aquellos reflejos rojizos que indicaban que esa Alejandra era la misma chiquilina pelirroja de la infancia y algo a la vez tan distinto ¡tan distinto!), desparramado sobre la almohada, destacaba su rostro anguloso, esos rasgos que tenían la misma nitidez, la misma dureza que su espíritu. Temblaba y estaba lleno de ideas confusas, nunca antes sentidas. La luz del velador iluminaba su cuerpo abandonado, sus pechos que se marcaban debajo de su blusa blanca, y aquellas largas y hermosas piernas encogidas que lo tocaban. Acercó una de sus manos a su cuerpo, pero antes de llegar a colocarla sobre él, la retiró asustado. Luego, después de grandes vacilaciones, su mano volvió a acercarse a ella y finalmente se posó sobre uno de sus muslos. Así permaneció, con el corazón sobresaltado, durante un largo rato, como si estuviera cometiendo un robo vergonzoso, como si estuviera aprovechando el sueño de un guerrero para robarle un pequeño recuerdo. Pero entonces ella se dio vuelta y él retiró su mano. Ella encogió sus piernas, levantando las rodillas y curvó su cuerpo como si volviera a la posición fetal.

El silencio era profundo y se oía la agitada respiración de Alejandra y algún silbato lejano de los muelles.

Nunca la conoceré del todo, pensó, como en una repentina y dolorosa revelación.

Estaba ahí, al alcance de su mano y de su boca. En cierto modo estaba sin defensa ¡pero qué lejana, qué inaccesible que estaba! Intuía que grandes abismos la separaban (no solamente el abismo del sueño sino otros) y que para llegar hasta el centro de ella habría que marchar durante jornadas temibles, entre grietas tenebrosas, por desfiladeros peligrosísimos, al borde de volcanes en erupción, entre llamaradas y tinieblas. *Nunca, pensó, nunca.*

Pero me necesita, me ha elegido, pensó también. De alguna manera lo había buscado y elegido a él, para algo que no alcanzaba a comprender. Y le había contado cosas que estaba seguro jamás había contado a nadie, y presentía que le contaría muchas otras, todavía más terribles y hermosas que las que ya le había confesado. Pero también intuía que habría otras que nunca, pero nunca le sería dado conocer. Y esas sombras misteriosas e inquietantes ¿no serían las más verdaderas de su alma, las únicas de verdadera importancia? Había tenido un estremecimiento cuando él mencionó a los ciegos, ¿por qué? Se había arrepentido apenas pronunciado el nombre Fernando, ¿por qué?

Ciegos, pensó, casi con miedo. *Ciegos, ciegos.*

La noche, la infancia, las tinieblas, las tinieblas, el terror y la sangre, sangre, carne y sangre, los sueños, abismos, abismos insondables, soledad soledad soledad, tocamos pero estamos a distancias inconmensurables, tocamos pero estamos solos. Era un chico bajo una cúpula inmensa, en medio de la cúpula, en medio de un silencio aterrador, solo en aquel inmenso universo gigantesco.

Y de pronto oyó que Alejandra se agitaba, se volvía hacia arriba y parecía rechazar algo con las manos. De sus labios salían murmullos ininteligibles, pero violentos y anhelantes, hasta que, como teniendo que hacer un esfuerzo sobrehumano para articular, gritó «¡no, no!» incorporándose abruptamente.

—¡Alejandra! —la llamó Martín sacudiéndola de los hombros, queriendo arrancarla de aquella pesadilla.

Pero ella, con los ojos bien abiertos, seguía gimiendo, rechazando con violencia al enemigo.

—¡Alejandra, Alejandra! —seguía llamando Martín, sacudiéndola por los hombros.

Hasta que ella pareció despertarse como si surgiese de un pozo profundísimo, un pozo oscuro y lleno de telarañas y murciélagos.

—Ah —dijo con voz gastada.

Permaneció largo tiempo sentada en la cama, con la cabeza apoyada sobre sus rodillas y las manos cruzadas sobre sus piernas encogidas.

Después se bajó de la cama, encendió la luz grande, un cigarrillo y empezó a preparar café.

—Te desperté porque me di cuenta de que estabas en una pesadilla —dijo Martín, mirándola con asiedad.

—Siempre estoy en una pesadilla, cuando duermo —respondió ella, sin darse vuelta, mientras ponía la cafetera sobre el calentador.

Cuando el café estuvo listo le alcanzó una tacita y ella, sentándose en el borde de la cama, tomó el suyo, abstraída.

Martín pensó: *Fernando, ciegos.*

«Menos Fernando y yo», había dicho. Y aunque conocía ya lo bastante a Alejandra para saber que no se le debía preguntar nada sobre aquel nombre que ella había rehuido en seguida, una insensata presión lo llevaba una y otra vez a aquella región prohibida, a bordearla peligrosamente.

—¿Y tu abuelo —preguntó— también es unitario?

—¿Cómo? —dijo ella, abstraída.

—Digo que si tu abuelo también es unitario.

Alejandra volvió su mirada hacia él, un poco extrañada.

—¿Mi abuelo? Mi abuelo murió.

—¿Cómo? Creí que me habías dicho que vivía.

—No, hombre: mi abuelo Patricio murió. El que vive es mi bisabuelo, Pancho, ¿no te lo expliqué ya?

—Bueno, sí, quería decir tu abuelo Pancho ¿es también unitario? Me parece gracioso que todavía pueda haber en el país unitarios y federales.

—No te das cuenta que aquí se ha vivido eso. Más aún: pensá que abuelo Pancho lo sigue viviendo, que nació poco después de la caída de Rosas. ¿No te dije que tiene noventa y cinco años?

—¿Noventa y cinco años?

—Nació en 1858. Nosotros podemos hablar de unitarios y federales, pero él ha vivido todo eso, ¿comprendés? Cuando él era chico todavía vivía Rosas.

—¿Y recuerda cosas de aquel tiempo?

—Tiene una memoria de elefante. Y además no hace otra cosa que hablar de aquello, todo el día, en cuanto te ponés a tiro. Es natural: es su única realidad. Todo lo demás no existe.

—Me gustaría algún día oírlo.

—Ahora mismo te lo muestro.

—¡Cómo, qué estás diciendo! ¡Son las tres de la mañana!

—No seas ingenuo. No comprendés que para el abuelo no hay tres de la mañana. Casi no duerme nunca. O acaso dormite a cualquier hora, qué sé yo... Pero de noche sobre todo, se desvela y se pasa todo el tiempo con la lámpara encendida, pensando.

—¿Pensando?

—Bueno, quién lo sabe... ¿Qué podés saber de lo que pasa en la cabeza de un viejo desvelado, que tiene casi cien años? Quizá sólo recuerde, qué sé yo... Dicen que a esa edad sólo se recuerda...

Y luego agregó, riéndose con su risa seca.

—Me cuidaré mucho de llegar hasta esa edad.

Y saliendo con naturalidad, como si se tratase de hacer una visita normal a personas normales y en horas sensatas, dijo:

—Vení, te lo muestro ahora. Quién te dice que mañana se ha muerto.

Se detuvo.

—Acostumbrate un poco a la oscuridad y podrás bajar mejor.

Se quedaron un rato apoyados en la balaustrada mirando hacia la ciudad dormida.

—Mirá esa luz en la ventana, en aquella casita —comentó Alejandra, señalando con su mano—. Siempre me subyugan esas luces en la noche: ¿será una mujer que está por tener un hijo? ¿Alguien que muere? O a lo mejor es un estudiante pobre que lee a Marx. Qué misterioso es el mundo. Solamente la gente superficial no lo ve. Conversás con el vigilante de la esquina, le hacés tomar confianza y al rato descubrís que él también es un misterio.

Después de un momento, dijo:

—Bueno, vamos.

VIII

Bajaron y bordearon la casa por el corredor lateral hasta llegar a una puerta trasera, debajo de un emparrado. Alejandra palpó con su mano y encendió una luz. Martín vio una vieja cocina, pero con cosas amontonadas, como en una mudanza. Luego esa sensación fue aumentando al atravesar un pasillo. Pensó que en los sucesivos retaceos del caserón, no se habrían decidido o no habrían sabido desprenderse de objetos y muebles: muebles y sillas derrengadas, sillones dorados sin asientos, un gran espejo apoyado contra una pared, un reloj de pie detenido y con una sola aguja, consolas. Al entrar en la habitación del viejo, recordó una de esas casas de subastas de la calle Maipú. Una de las viejas salas se había juntado con el dormitorio del viejo, como si las piezas se hubiesen barajado. En medio de trastos, a la luz macilenta de un quinqué, entrevió un viejo dormitando en una silla de ruedas. La silla estaba colocada frente a una ventana que daba a la calle como para que el abuelo contemplase el mundo.

—Está durmiendo —murmuró Martín con Alivio—. Mejor que lo dejés.

—Ya te dije que nunca se sabe si duerme.

Se colocó delante del viejo e inclinándose sobre él lo sacudió un poco.

—¿Cómo, cómo? —tartamudeó el abuelo, entreabriendo sus ojitos.

Eran unos ojitos verdosos, cruzados por estrías rojas y negras, como si estuvieran agrietados, hundidos en el fondo de sus cuencas, rodeados por los pliegues apergaminados de un rostro momificado e inmortal.

—¿Dormía, abuelo? —preguntó Alejandra a su oído, casi a gritos.

—¿Cómo, cómo? No, m'hija, qué iba a dormir. Descansaba, nomás.

—Éste es un amigo mío.

El viejo asintió con la cabeza pero con un movimiento repetido y decreciente, como un tentempié que es apartado de su posición de equilibrio. Le extendió una mano huesuda, en la que venas enormes parecían querer salirse de una piel reseca y transparente como el tímpano de un viejo tambor.

—Abuelo —le gritó—, cuéntale algo del teniente Patrick.

El tentempié se movió nuevamente.

—Ajá —murmuraba—. Patrick, eso es, Patrick.

—No te preocupés, es lo mismo —le dijo Alejandra a Martín—, es lo mismo. Cualquier cosa. Siempre va a terminar hablando de la Legión, hasta que se olvide y se duerma.

—Ajá, el teniente Patrick, eso es.

Sus ojuelos lagrimeaban.

—Elmtrees, mocito, Elmtrees. Teniente Patrick Elmtrees, del famoso 71. Quién le iba a decir que moriría en la Legión.

Martín miró a Alejandra.

—Explíquele, abuelo, explíquele —gritó.

El viejo ponía su mano sarmentosa y enorme junto al oído, con la cabeza inclinada hacia Alejandra. Dentro de la máscara de pergamino agrietado y ya adelantada hacia la muerte, parecía vivir dificultosamente un resto de ser humano, pensativo y bondadoso. La mandíbula inferior colgaba un poco, como si no tuviera fuerza para mantenerse apretada, y podían verse sus encías sin dientes.

—Eso es, Patrick.

—Explíquele, abuelo.

Pensaba, miraba hacia tiempos remotos.

—Olmos es la traducción de Elmtrees. Porque abuelo estaba harto de que lo llamaran Elemetri, Elemetrio, Lemetrio y hasta capitán Demetrio.

Pareció reírse con un temblor, llevando su mano a la boca.

—Eso es, hasta capitán Demetrio. Harto estaba. Y porque se había acriollado tanto que lo fastidiaba cuando le decían el inglés. Y se puso Olmos, nomás. Como los Island se habían puesto Isla y los Queenfaith, Reinafé. Lo jorobaba mucho —especie de risita—. Porque era muy retobón. De modo que fue muy juicioso, muy juicioso. Y además porque ésta era su verdadera patria. Aquí se había casado y aquí nacieron sus hijos. Y nadie, viéndolo sobre el gateado, con el apero de plata, habría podido maliciar que era gringo. Y aunque lo hubiera maliciado —risita— no habría dicho esta boca es mía, porque ahí nomás don Patricio lo habría bajado de un rebencazo —risita—... El tenientito Patrick Elmtrees, sí señor. Quién le iba a decir. No, si el destino es más embrollao que negocio de turco. Quién le iba a decir que su destino era morir a las órdenes del general.

Repentinamente pareció dormitar, con un leve estertor.

—¿General? ¿Qué general? —preguntó Martín a Alejandra.

—Lavalle.

No entendía nada: ¿un teniente inglés a las órdenes de Lavalle? ¿Cuándo?

—La guerra civil, tonto.

IX

Martín esperó, pasó el tiempo y el viejo ya no despertó. Pensó que ahora se había dormido de verdad y entonces, poco a poco, tratando de no hacer ruido, se levantó y empezó a caminar hacia la puerta por la que había entrado Alejandra. Su temor era grande porque ya había madrugado y las luces del alba ya iluminaban la pieza de don Pancho. Pensó que podía tropezarse con el tío Bebe, o que la vieja Justina, la mujer de servicio, podría estar levantada. Y entonces ¿qué les diría?

«Vine con Alejandra, anoche», les diría.

Luego pensó que en esa casa nada podía llamar la atención y que, por lo tanto, no debía temer nada desagradable. Fuera, quizás, de un tropiezo con el loco, con el tío Bebe.

Sintió, o le pareció sentir un crujido, unos pasos, en el corredor al que se salía por aquella puerta. Ya con la mano en el picaporte y con el corazón sobresaltado, esperó en silencio. Se oyó el silbato lejano de un tren. Puso su oído contra la puerta y escuchó con ansiedad: no se oía nada, y ya iba a abrir cuando volvió a oír un pequeño crujido, esta vez inconfundible: eran pasos, cautelosos y espaciados, como alguien que hubiese estado acercándose de a poco a la misma puerta, por el otro lado.

«El loco», pensó agitadamente Martín, y por un instante retiró su oído de la puerta, con el temor de que abriesen bruscamente la puerta del otro lado y se encontrasen con él en un actitud tan sospechosa.

Permaneció así un largo rato sin saber qué determinación tomar: por una parte temía abrir la puerta y encontrarse con el loco: por la otra, miraba hacia donde estaba don Pancho temiendo que se despertase y que lo buscase.

Pero pensó que quizá fuese mejor así, que el viejo se despertase. Porque entonces, si el loco entraba, se vería con él, él podría explicarle. O tal vez al loco no haya que darle ninguna clase de explicación.

Recordó que Alejandra le había dicho que era un loco tranquilo, que se limitaba a tocar el clarinete: en fin a repetir una especie de garabato, sempiternamente. Pero ¿andaría suelto por la casa? ¿O estaría encerrado en una de las habitaciones, como había estado encerrada Escolástica, como era habitual en esas antiguas casas de familia?

En estas reflexiones pasó un rato, siempre escuchando.

Como no oyó nada nuevo, volvió, más tranquilo, a poner su oreja sobre la puerta y, afinando su oído, trató de distinguir el menor rumor o crujido sospechoso: no oyó nada, ahora.

Poco a poco fue haciendo girar el picaporte: era una de esas grandes cerraduras que se usaban en las puertas de antes, con llaves de unos diez centímetros de largo. El ruido que hacía el picaporte al girar le pareció formidable y pensó que si el loco andaba por ahí no podía dejar de oírlo y ponerse en guardia. Pero ¿qué hacer a esa altura? Así que, ya más decidido ante el hecho casi consumado, abrió con decisión la puerta.

Casi grita.

Ante él, hierático, estaba el loco. Era un hombre de más de cuarenta años, con barba de muchos días y ropa bastante raída, sin corbata, con el pelo revuelto. Llevaba un saco sport que en algún tiempo habría sido azul marino y un pantalón de franela gris. Su camisa estaba desprendida y todo el conjunto era arrugado y sucio. En la mano derecha, que colgaba, llevaba el famoso clarinete. Su cara era esa cara absorta y demacrada con ojos fijos y alucinados que es frecuente en los locos; era una cara flaca y angulosa, con los ojos grisverdosos de los Olmos y con nariz fuerte y aguileña, pero su cabeza era enorme y alargada como un dirigible.

Martín estaba paralizado por el miedo y no atinó a decir una sola palabra.

El loco lo miró un buen rato en silencio y luego, sin decir nada, se dio vuelta haciendo unas suaves contorsiones (semejantes a las que hacen los chicos de una murga, pero apenas perceptibles) y se alejó por el corredor hacia dentro, seguramente hacia su pieza.

Martín casi corrió en dirección contraria, hacia el patio que ya estaba muy iluminado por el día naciente.

Atravesó el patio trasero, bordeó la vieja casa por el jardín lateral en ruinas y finalmente se encontró en la calle.

Caminó indeciso por la vereda hacia el lado de Montes de Oca, para tomar allí el ómnibus. Pero a poco de andar se detuvo y miró para atrás, hacia la casa de los Olmos. Estaba sumido en la mayor confusión y no atinaba a hacer algo preciso.

Volvió unos pasos hacia la casa y luego se detuvo nuevamente. Miró hacia la verja mohosa, como si esperara algo. ¿Qué? A la luz del día del caserón era todavía más disparatado que de noche, porque con sus paredes derruidas y desconchadas, con los yuyos creciendo libremente en el jardín, con su reja enmohecida y su puerta casi caída contrastaba con más fuerza que de noche con las fábricas y las chimeneas que se destacaban detrás. Como un fantasma es más absurdo de día.

X

Durante muchos días no tuvo noticias de ella. Anduvo rondando la casa de Barracas y en varias oportunidades observó desde lejos la herrumbrada puerta de la verja.

Su desaliento culminó al perder el trabajo en la imprenta:

por un tiempo no habría trabajo, le dijeron. Pero bien sabía él que la causa era muy otra.

XI

Esperó en vano. Pero por fin Chichín lo recibió con una seña y le dio un sobre. Temblando, lo abrió y desdobló la carta. Con la letra enome, desigual y nerviosa que tenía, le decía, simplemente, que lo esperaba a las seis.

A las seis menos algo estaba en el banco del parque, agitado pero feliz, pensando que ahora tenía a quién contarle sus desdichas. Y a alguien como Alejandra, tan desproporcionado como para un pordiosero encontrar el tesoro de Morgan.

Corrió hacia ella como un chico, le contó lo de la imprenta.

—Me hablaste de un tal Molinari —dijo Martín—. Creo que dijiste que tenía una gran empresa.

Alejandra levantó su mirada hacia el muchacho, con las cejas en alto, demostrando sorpresa.

—¿Molinari? ¿Yo te hablé de Molinari?

—Sí, aquí mismo, cuando me encontraste dormido, ¿recordás? Me dijiste: seguro que no trabajás para Molinari, ¿recordás?

—Puede ser.

—¿Es amigo tuyo?

Alejandra lo miró con una sonrisa irónica.

—¿Te dije que era amigo mío?

Pero Martín estaba muy esperanzado en aquel momento para darle un significado recóndito a su expresión.

—¿Qué te parece? —insistió—. ¿Crees que pueda darme trabajo?

Ella lo observó como los médicos miran a los reclutas que se presentan para el servicio militar.

—Sé escribir a máquina, puedo redactar cartas, corregir pruebas de imprenta...

—Uno de los triunfadores de mañana, ¿eh?

Martín enrojeció.

—Pero ¿tenés idea de lo que es trabajar en una empresa importante? ¿Con reloj marcador y todo eso?

Martín extrajo su cortapluma blanco, abrió su hojita menor y luego la volvió a cerrar, cabizbajo.

No tengo ninguna pretensión. Si no puedo trabajar en el escritorio puedo trabajar en talleres, o como peón.

Alejandra observaba su traje raído y sus zapatos rotos.

Cuando Martín levantó por fin su mirada hacia ella, vio que tenía una expresión muy seria, con el ceño fruncido.

—¿Qué, es muy difícil?

Ella movió negativamente la cabeza.

Después dijo:

—Bueno, no te preocupés, ya encontraremos una solución.

Se levantó.

—Vení. Vamos por ahí un rato, me duele horriblemente el estómago.

—¿El estómago?

—Sí, me duele muchas veces. Debe ser una úlcera.

Caminaron hasta el bar de Brasil y Balcarce. Alejandra pidió en el mostrador un vaso de agua, sacó de su cartera un frasquito y echó unas gotas.

—¿Qué es eso?

—Láudano.

Atravesaron nuevamente el parque.

—Vamos un rato a la Dársena —dijo Alejandra.

—Bajaron por Almirante Brown, doblaron por Arzobispo Espinosa hacia abajo y por Pedro de Mendoza llegaron hasta un barco sueco que estaba cargando.

Alejandra se sentó sobre uno de los grandes cajones que venían de Suecia, mirando hacia el río, y Martín en uno más bajo, como si sintiese el vasallaje hacia aquella princesa. Y ambos miraban el gran río de color de león.

—¿Viste que tenemos muchas cosas en común? —decía ella.

—Y Martín pensaba *¿será posible?*, y aunque estaba convencido de que a ambos les gustaba mirar río afuera, también pensaba que aquello era una nimiedad frente a los otros hechos profundos que lo separaban de ella, nimiedad que nadie podía tomar en serio y menos que nadie la propia Alejandra, como —pensó— la forma risueña en que acababa de decir aquella frase: como esos grandes personajes que de pronto se fotografían en la calle, democráticamente, al lado de un obrero o una niñera, sonriendo y condescendientes. Aunque también podía ser que aquella frase fuera una clave de verdad, y que mirar ambos con ansiedad río afuera constituyese una fórmula secreta de alianza para cosas mucho más trascendentales. Porque ¿cómo podía saberse lo que ella realmente cavilaba? Y la miraba allá arriba, inquieto, como quien vigila a un equilibrista querido que se mueve en zonas peligrosísimas y sin que nadie pueda prestarle ayuda. La veía, ambigua e inquietante, mientras la brisa agitaba su pelo renegrido y lacio y marcaba sus pechos puntiagudos y un poco abiertos hacia los costados. La veía fumando, abstraída. Aquel territorio barrido por los vientos parecía apaciguado por la melancolía, como si esos vientos se hubiesen calmado y una bruma intensa lo cubriese.

—Qué lindo sería irse lejos —comentó de pronto—. Irse de esta ciudad inmunda.

Martín oyó penosamente aquella forma impersonal: *Irse*.

—¿Te irías? —preguntó con voz quebrada.

Sin mirarlo, casi totalmente abstraída, respondió:

—Sí, me iría con mucho gusto. A un lugar lejano, a un lugar donde no conociera a nadie. Tal vez a una isla, a una de esas islas que todavía deben de quedar por ahí.

Martín bajó su cabeza y con el cortaplumas empezó a escarbar el cajón mientras leía THIS SIDE UP. Alejandra, volviendo su mirada hacia él, después de observarlo un momento preguntó si le pasaba algo, y Martín, siempre escarbando la madera y leyendos THIS SIDE UP contestó que no le pasaba nada, pero Alejandra se quedó mirando y cavilando. Y ninguno de los dos habló durante bastante tiempo, mientras anochecía y el muelle iba quedándose en silencio: las grúas habían cesado en su trabajo y los estibadores y cargadores empezaban a retirarse hacia sus casas o hacia los bares del Bajo.

—Vamos al Moscova —dijo entonces Alejandra.

—¿Al Moscova?

—Sí, en la calle Independencia.

—Pero ¿no es muy caro?

Alejandra se rió.

—Es un boliche, hombre. Además, Vania es amigo mío.

La puerta estaba cerrada.

—No hay nadie —comentó Martín.

—Sharáp —se limitó a decir Alejandra, golpeando.

Al cabo de un rato les abría la puerta un hombre en camisa: tenía el pelo lacio y blanco, el rostro bondadoso, refinado y tristemente sonriente. Un tic le sacudía una mejilla, cerca del ojo.

—Ivan Petróvich —dijo Alejandra, entregándole la mano.

El hombre la llevó a sus labios, inclinándose un poco.

Se sentaron junto a una ventana que daba al Paseo Colón. El local estaba apenas iluminado por una sórdida lamparilla cercana a la caja, donde una mujer gorda y baja, de cara eslava, tomaba mate.

—Tengo vodka polaco —dijo Vania—. Me trajeron ayer, llegó barco de Polonia.

—¿Vania? ¿No le dijiste Ivan Petróvich?

—Atrasado: Vania es el diminutivo de Ivan. Todo el mundo le dice Vania, pero yo le digo Ivan Petróvich, así se siente como en Rusia. Y además porque me encanta.

—¿Y por qué encerrarlo en un manicomio?

—Es morfinómano y tiene ataques.

Trajo el vodka y mientras servía les dijo:

—Ahora aparato anda muy bien. Tengo concierto para violín de Brahms, ¿quiere que pongamos? Nada menos que Heifetz.

Cuando se alejó, Alejandra comentó:

—¿Ves? Es todo generosidad. Sabrás que fue violinista del Colón y ahora da lástima verlo tocar. Pero justamente te ofrece un concierto de violín y con Heifetz.

Con un gesto le señaló las paredes: unos cosacos entrando al galope en una aldea, unas iglesias bizantinas con cúpulas doradas, unos gitanos. Todo era precario y pobre.

Desde lejos, como no queriendo molestar a los muchachos, Vania hacía significativos gestos, señalando el combinado, como elogiando. Y Alejandra, mientras asentía con una sonrisa, le decía a Martín:

—El mundo es una porquería.

Martín reaccionó.

—¡No, Alejandra! ¡En el mundo hay muchas cosas lindas!

Ella lo miró, quizá pensando en su pobreza, en su madre, en su soledad: ¡todavía era capaz de encontrar maravillas en el mundo! Una sonrisa irónica se superpuso a su primera expresión de ternura, haciéndola contraer, como un ácido sobre una piel muy delicada.

—¿Cuáles?

—¡Muchas, Alejandra! —exclamó Martín apretando una

mano de ella sobre su pecho—. Esa música... un hombre como Vania... y sobre todo vos, Alejandra... vos...

—Verdaderamente, tendré que pensar que no has sobrepasado la infancia, pedazo de tarado.

Se quedó un momento abstraída, tomó un poco de vodka y luego agregó:

—Sí, claro, claro que tenés razón. En el mundo hay cosas hermosas... claro que hay...

Y entonces, dándose vuelta hacia él, con acento amargo agregó:

—Pero yo, Martín, yo soy una basura. ¿Me entendés? No te engañés sobre mí.

Martín apretó una de las manos de Alejandra con las dos suyas, la llevó a sus labios y la mantuvo así, besándosela con fervor.

—¡No, Alejandra! ¡Por qué decís algo tan cruel! ¡Yo sé que no es así! ¡Todo lo que has dicho de Vania y muchas otras cosas que te he oído demuestran que no es así!

Sus ojos se habían llenado de lágrimas.

—Bueno, está bien, no es para tanto —dijo Alejandra.

Martín apoyó la cabeza sobre el pecho de Alejandra y ya nada le importó del mundo. Por la ventana veía cómo la noche bajaba sobre Buenos Aires y eso aumentaba su sensación de refugio en aquel escondido rincón de la ciudad implacable. Una pregunta que nunca había hecho a nadie (¿a quién habría podido hacérsela?) surgió de él, con los contornos nítidos y brillantes de una moneda que no ha sido manoseada, que millones de manos anónimas y sucias todavía no han atenuado, deteriorado y envilecido:

—¿Me querés?

Ella pareció vacilar un instante, pero luego contestó:

—Sí, te quiero. Te quiero mucho.

Martín se sentía aislado mágicamente de la dura realidad

externa, como sucede en el teatro (pensaba años más tarde) mientras estamos viviendo el mundo del escenario, mientras fuera esperan las dolorosas aristas del universo diario, las cosas que inevitablemente golpearán apenas se apaguen las candilejas y quede abolido el hechizo. Y así como en el teatro, en algún momento el mundo externo logra llegar aunque atenuado en forma de lejanos ruidos (un bocinazo, el grito de un vendedor de diarios, el silbato de un agente de tránsito), así también llegaban hasta su conciencia, como inquietantes susurros, pequeños hechos, algunas frases que enturbiaban y agrietaban la magia: aquellas palabras que había dicho en el puerto y de las que él quedaba horrorosamente excluido («me iría con gusto de esta ciudad inmunda») y la frase que ahora acababa de decir («soy una basura, no te engañés sobre mí»), palabras que latían como un leve y sordo dolor en su espíritu y que, mientras mantenía reclinada la cabeza sobre el pecho de Alejandra, entregado a la portentosa felicidad del instante, hormigueaban en una zona más profunda e insidiosa de su alma, cuchicheando con otras palabras enigmáticas: los ciegos, Fernando, Molinari. Pero *no importa* —se decía empecinadamente—, no importa, apretando su cabeza contra los calientes pechos y acariciando sus manos, como si de ese modo asegurase el mantenimiento del sortilegio.

—¿Pero cuánto me querés? —preguntó infantilmente.

—Mucho, ya te dije.

Y sin embargo la voz de ella le pareció ausente, y levantando la cabeza la observó y pudo ver que estaba como abstraída, que su atención estaba ahora concentrada en algo que no estaba allí, con él, sino en alguna otra parte, lejana y desconocida.

—¿En que estás pensando?

Ella no respondió, parecía no oír.

Entonces Martín reiteró la pregunta, apretándole el brazo, como para volverla a la realidad.

Y ella entonces dijo que no estaba pensando en nada: nada en particular.

Muchas veces Martín sentiría aquel alejamiento: con los ojos abiertos y hasta haciendo cosas, pero ajena, como manejada por alguna fuerza remota.

De pronto Alejandra, mirándolo a Vania, dijo:

—Me gusta la gente fracasada. ¿A vos no te pasa lo mismo?

Él se quedó meditando en aquella singular afirmación.

—El triunfo —prosiguió— tiene siempre algo de vulgar y de horrible.

Se quedó luego un momento en silencio y al cabo agregó:

—¡Lo que sería este país si todo el mundo triunfase! No quiero ni pensarlo. Nos salva un poco el fracaso de tanta gente. ¿No tenés hambre?

—Sí.

Se levantó y fue a hablar con Vania. Cuando volvió, sonrojándose, Martín le dijo que él no tenía plata. Alejandra se echó a reír. Abrió su cartera y sacó doscientos pesos.

—Tomá. Cuando necesités más, decímelo.

Martín intentó rechazarlos, avergonzado, y entonces Alejandra lo miró con sombro.

—¿Estás loco? ¿O sos uno de esos burguesitos que piensan que no se debe aceptar plata de una mujer?

Cuando terminaron de comer fueron caminando hacia Barracas. Después de atravesar en silencio el parque Lezama tomaron por Hernandarias.

—¿Conocés la historia de la Ciudad Encantada de la Patagonia? —preguntó Alejandra.

—Algo, no gran cosa.

—Algún día te mostraré papeles que todavía quedan en aquella petaca del comandante. Papeles sobre éste.

—¿Sobre éste? ¿Quién?

Alejandra señaló el letrero.

—Hernandarias.

—¿En tu casa? ¿Y cómo?

—Papeles, nombres de calles. Es lo único que nos va quedando. Hernandarias es antepasado de los Acevedo. En 1550 hizo la expedición en busca de la Ciudad Encantada.

Volvió a quedarse en silencio durante varias cuadras. Y de pronto preguntó:

—¿Oís campanadas?

Martín aguzó su oído y contestó que no.

—¿Qué pasa con las campanadas? —preguntó intrigado.

—Nada, que a veces oigo campanas que existen y otras veces campanas que no existen.

Se rió y agregó:

—Anoche tuve un sueño. Estaba en una catedral, casi a oscuras, y tenía que avanzar con cuidado para no llevarme por delante la gente. Tenía la impresión (porque no se veía nada) de que la nave estaba repleta. Con grandes dificultades pude por fin acercarme al cura que hablaba en el púlpito. No me era posible entender lo que decía, aunque estaba muy cerca, y lo peor era que tenía la certeza de que se dirigía a mí. Yo oía como un murmullo confuso, como si hablara por un mal teléfono, y eso me angustiaba cada vez más. Abrí mis ojos exageradamente para poder ver, al menos, su expresión. Con horror vi entonces que no tenía cara, que su cara era lisa, y su cabeza no tenía pelo. En ese momento las campanas empezaron a sonar, primero lentamente y luego poco a poco, con mayor intensidad y por fin con una especie de furia, hasta que me desperté. Lo curioso, además, es que en el mismo sueño, tapándome los oídos, yo decía como si eso fuera motivo de horror: ¡son las campanas de Santa Lucía, la iglesia adonde iba de chica!

Se quedó pensativa.

Se rió, con la misma risa de antes: no era una risa sana ni tranquila: era inquieta, angustiada.

Sueño siempre. Con fuego, con pájaros, con pantanos en que me hundo o con panteras que me desgarran, con víboras. Pero sobre todo el fuego. Al final, siempre hay fuego. ¿No creés que el fuego tiene algo enigmático y sagrado?

Llegaban. Desde lejos Martín miró el caserón con su Mirador allá arriba, resto fantasmal de un mundo que ya no existía.

Entraron, atravesando el jardín y bordearon la casa: se oía el disparatado pero tranquilo fraseo del loco con el clarinete.

—¿Toca siempre? —preguntó Martín.

—Casi. Pero al final no lo notás.

—¿Sabés que la otra noche, cuando salía, lo vi? Estaba escuchando detrás de la puerta.

—Sí, tiene esa costumbre.

Subieron por la escalera de caracol y nuevamente volvió Martín a experimentar el hechizo de aquella terraza en la noche de verano. Todo podía suceder en aquella atmósfera que parecía colocada fuera del tiempo y del espacio.

Entraron al Mirador y Alejandra dijo:

—Sentate en la cama. Ya sabés que acá las sillas son peligrosas.

Mientras Martín se sentaba, ella arrojó su cartera y puso a calentar agua. Luego colocó un disco: los sones dramáticos del bandoneón empezaron a configurar una sombría melodía.

—Oí qué letra:

Yo quiero morir contigo,
sin confesión y sin Dios,
crucificado en mi pena,
como abrazado a un rencor.

Después que tomaron el café salieron a la terraza y se acodaron sobre la balaustrada. De abajo se oía el clarinete. La noche era profunda y cálida.

—Bruno siempre dice que, por desgracia, la vida la hacemos en borrador. Un escritor puede rehacer algo imperfecto o tirarlo a la basura. La vida, no: lo que se ha vivido no hay forma de arreglarlo, ni de limpiarlo, ni de tirarlo. ¿Te das cuenta qué tremendo?

—¿Quién es Bruno?

—Un amigo.

—¿Qué hace?

—Nada, es un contemplativo, aunque él dice que es simplemente un abúlico. Creo que escribe, pero nunca le ha mostrado a nadie lo que hace ni creo que nunca publicará nada.

—¿Y de qué vive?

—El padre tiene molino harinero. Era muy amigo de mi madre. Creo —agregó riéndose— que estaba enamorado de ella.

—¿Cómo era tu madre?

—Dicen que igual a mí, físicamente. Yo apenas la recuerdo: tenía cinco años cuando murió. Se llamaba Georgina.

—¿Por qué dijiste que se parecía físicamente?

—Porque espiritualmente yo soy muy distinta. Ella, según Bruno, era suave, femenina, delicada, silenciosa.

—Y vos ¿a quién te parecés? ¿A tu padre?

Alejandra se quedó callada. Luego, separándose de Martín, dijo con una voz que no era ya la misma de antes, con una voz quebrada y áspera.

—No sé... Quizá sea la encarnación de alguno de esos demonios menores, sirvientes de Satanás.

Se desabrochó los dos botones superiores de la blusa y con las dos manos sacudió las pequeñas solapas como si quisiera tomar aire. Respirando con alguna ansiedad, se fue hasta la ventana y allí aspiró aire varias veces, hasta que pareció calmarse.

—Es una broma —comentó mientras se sentaba como de costumbre al borde de la cama y le hacía un lugar a Martín. —Apagá la luz. A veces me molesta terriblemente, los ojos me arden.

—¿Querés que me vaya, querés dormir?

—No, no podría dormir. Quedate, si no te aburrís de estar así, sin conversar.

—Me parece mejor que me vaya, que te deje descansar.

Con voz irritada, Alejandra contestó:

—¿No te das cuenta que quiero que te quedés? Apagá también el velador.

Martín apagó el velador y se volvió a sentar al lado de Alejandra, con su espíritu revuelto, lleno de perplejidad y de timidez: ¿para qué lo necesitaba Alejandra? Él pensaba que era un ser superfluo y torpe, que no hacía otra cosa que escucharla y admirarla. Ella era la fuerte, la poderosa ¿qué clase de ayuda podía darle?

—¿Qué estás ahí mascullando? —preguntó Alejandra desde abajo y sacudiéndolo de un brazo, como para llamarlo a la realidad.

—¿Mascullando? Nada.

—Bueno, pensando. Algo estás pensando, idiota.

Martín se resistía a decir lo que pensaba, pero supuso que, como siempre, ella lo adivinaba.

—Pensaba... que... ¿para qué podrías necesitarme?

—¿Por qué no?

—Soy insignificante... Vos, en cambio, sos fuerte, tenés ideas definidas, sos valiente... te podrías defender sola en medio de una tribu de caníbales.

Oyó su risa. Luego Alejandra dijo:

—Yo misma no lo sé. Pero te busqué porque te necesito, porque... En fin, ¿para qué rompernos la cabeza?

—Sin embargo —contestó Martín con un acento de amargura— hoy mismo, en el puerto, dijiste que con gusto te irías a una isla lejana.

—¿Y qué?

—Dijiste que te irías, no que nos iríamos.

Alejandra volvió a reír.

Martín la tomó de una mano y con ansiedad le preguntó:

—¿Te irías conmigo?

Ella pareció reflexionar: Martín no podía distinguir sus rasgos.

—Sí... creo que sí... Pero no veo por qué esa perspectiva puede alegrarte.

—¿Por qué no? —preguntó Martín con dolor.

Con voz seria, repuso:

—Porque no soporto a nadie a mi lado y porque te haría muchísimo mal.

—¿Es que no me querés?

—Ay, Martín... no empecemos con esas preguntas...

—Entonces es porque no me querés.

—Pero sí, pavo. Justamente te haría mal porque te quiero ¿no comprendés? Uno no hace mal a la gente que le es indiferente. Pero la palabra querer, Martín, es tan vasta... Se quiere a un amante, a un perro, a un amigo...

—¿Y yo? —preguntó temblando Martín—, ¿qué soy para vos? ¿Un amante, un perro, un amigo?

—Te he dicho que te necesito, ¿no te basta?

Martín se quedó callado: los fantasmas que se habían mantenido rondando de lejos se acercaron sarcásticamente: la palabra *Fernando,* la frase *recordá siempre que soy una basura,* su ausencia aquella primera noche de su pieza. Y pensó, con melancólica amargura: «Nunca, nunca». Sus ojos se llenaron de lágrimas y su cabeza se inclinó hacia adelante, como si aquellos pensamientos la doblegaran.

Ella levantó su mano hasta su cara y con la punta de sus dedos palpó sus ojos.

—Ya me lo imaginaba. Venga para acá.

Lo mantuvo apretado contra ella con uno de sus brazos.

—Vamos a ver si se porta bien —dijo, como quien habla a un niño—. Ya le he dicho que lo necesito y que lo quiero mucho, ¿que más quiere?

Acercó sus labios a su mejilla y la besó. Martin sintió que todo su cuerpo era sacudido.

Abrazando con fuerza a Alejandra, sintiendo su cuerpo cálido junto al suyo, como si un poder invencible lo dominara, empezó entonces a besar su cara, sus ojos, sus mejillas, su pelo, hasta buscar aquella boca grande y carnosa que sentía a su lado. Por un instante fugacísimo sintió que Alejandra rehuía su beso: todo su cuerpo pareció endurecerse y sus brazos tuvieron un movimiento de rechazo. Luego se ablandó y pareció apoderarse de ella un frenesí. Y entonces se produjo algo que aterró a Martín: sus manos, como si fueran garras, estrujaron sus brazos y desgarraron su carne, al mismo tiempo que lo separaba de sí y se incorporaba.

—¡No! —gritó, mientras se ponía de pie y corría hacia la ventana.

Asustado, Martín, sin atreverse a acercarse, la veía con el pelo revuelto, aspirando a grandes bocanadas el aire de la noche, como si le faltara, su pecho agitado y sus manos aferradas al alféizar, con los brazos tensos. Con un movimiento violento abrió su blusa con las dos manos, arrancando los botones y cayó al suelo rígida. Su cara fue poniéndose morada, hasta que de pronto su cuerpo empezó sacudirse.

Aterrado, no sabía qué hacer. Cuando vio que se caía, corrió hacia ella y la tomó en sus brazos y trató de calmarla.

Pero Alejandra no oía ni veía nada: se retorcía y gemía, con los ojos abiertos y alucinados. Martín pensó que debía llevarla a la cama. Poco a poco, vio con alivio que Alejandra se calmaba y que sus gemidos eran paulatinamente más apagados.

Sentado al borde de la cama, lleno de confusión, de miedo, Martín veía sus pechos desnudos entre la blusa entreabierta. Por un instante pensó que de algún modo, él, Martín, estaba de verdad siendo necesario a aquel ser atormentado y sufriente. Entonces cerró su blusa y esperó. Poco a poco la respiración de ella empezó a ser más acompasada y regular, sus ojos se habían cerrado y parecía adormecida. Así pasó más de una hora. Hasta que, abriendo los ojos y mirándolo, pidió un poco de agua. Sostuvo con uno de sus brazos a Alejandra y le dio de beber.

—Apagá esa luz —dijo ella.

Martín la apagó y volvió a sentarse a su lado.

—Martín —dijo Alejandra con voz apagada—, estoy muy, muy cansada, quisiera dormir, pero no te vayás. Podés dormir aquí, a mi lado.

Él se quitó los zapatos y se acostó al lado de Alejandra.

—Sos un santo —dijo ella, acurrucándose a su lado.

Martín sintió cómo de pronto ella se dormia mientras él trataba de ordenar el caos de su espíritu. Pero era un vértigo tan incoherente, los razonamientos resultaban siempre tan contradictorios que, poco a poco, fue invadido por un sopor invencible y por la sensación dulcísima (a pesar de todo) de estar al lado de la mujer que amaba.

Pero algo le impidió dormir, y poco a poco fue angustiándose.

Como si el príncipe —pensaba—, después de recorrer vastas y solitarias regiones, se encontrase por fin frente a la gruta donde ella duerme vigilada por el dragón. Y como si, para colmo, advirtiese que el dragón no vigila a su lado amenazante como lo imaginamos en los mitos infantiles sino, lo que era más angustioso, dentro de ella misma: como si fuera una princesa-dragón, un indiscernible monstruo, casto y llameante a la vez, candoroso y repelente al mismo tiempo: como si una purísima niña vestida de comunión tuviese pesadillas de reptil o de murciélago.

Y los vientos misteriosos que parecían soplar desde la oscura gruta del dragón-princesa agitaban su alma y la desgarraban, todas sus ideas eran rotas y mezcladas, y su cuerpo era estremecido por complejas sensaciones. Su madre (pensaba), su madre, carne y suciedad, baño caliente y húmedo, oscura masa de pelo y olores, repugnante estiércol de piel. Pero él había dividido el amor en carne sucia y en purísimo sentimiento; en purísimo sentimiento y en repugnante, sórdido sexo que debía rechazar, aunque (o porque) tantas veces sus instintos se rebelaban, horrorizándose por esa misma rebelión, con el mismo horror con que descubría, de pronto, rasgos de su madrecama en su propia cara. Como si su madrecama, pérfida y reptante, lograra salvar los grandes fosos que él desesperadamente cavaba cada día para defender su torre, y ella como víbora implacable, volviese cada noche a aparecer en la torre como fétido fantasma, donde él se defendía con su espada filosa y limpia. ¿Y qué pasaba, Dios mío, con Alejandra? ¿Qué ambiguo sentimiento confundía ahora todas sus defensas? La carne se le aparecía de pronto como espíritu, y su amor por ella, se convertía en carne, en caliente deseo de su piel y de su húmeda y oscura gruta de dragón-princesa. Pero, Dios, Dios, ¿y por qué ella parecía defender esa gruta con llameantes vientos y gritos furiosos de dragón herido? «No debo pensar», se dijo, apretándose las sienes, y trató de permanecer como si retuviera la respiración de su cabeza. Trató que el tumulto se detuviera. Quedó tenso y vacío por un fugitivo segundo. Y luego, ya limpio por un instante siquiera, pensó con dolorosa lucidez PERO CON MARCOS MOLINA, ALLÁ EN LA PLAYA, NO FUE ASÍ, PUES ELLA LO QUISO O LO DESEÓ Y LO BESÓ FURIOSAMENTE, de modo que era a él, a Martín, a quien rechazaba. Cedió en su tensión y nuevamente aquellos vientos volvieron a barrer su espíritu, como en una furiosa tormenta, mientras sentía que ella, a su lado, se agitaba, gemía, murmuraba palabras ininteligibles.

Se sentó en el borde de la cama y la contempló; a la luz de la luna podía escrutar su rostro agitado por la otra tempestad, la de ella, la que él nunca (pero nunca) conocería. Como si en medio de excrementos y barro, entre tinieblas, hubiese una rosa blanca y delicada. Y lo más extraño de todo era que él quería a ese monstruo equívoco: dragónprincesa, rosafango, niñamurciélago. A ese mismo casto, caliente y acaso corrupto ser que se estremecía cerca de él, cerca de su piel, agitado quién sabe por qué horrendas pesadillas. Y lo más angustioso de todo era que habiéndola aceptado así, era ella la que parecía no querer aceptarlo: como si la niña de blanco (en medio del barro, rodeada por bandas de nocturnos murciélagos, de viscosos e inmundos murciélagos) gimiera por su ayuda y al mismo tiempo rechazara con violentos gestos su presencia, apartándolo de aquel tenebroso sitio. Sí: la princesa se agitaba y gemía. Desde desoladas regiones en tinieblas lo llamaba a él, a Martín. Pero él, un pobre muchacho desconcertado, era incapaz de llegar hasta donde ella estaba, separado por insalvables abismos.

Así que no podía hacer otra cosa que mirarla angustiosamente desde acá y esperar.

—¡No, no! —exclamaba Alejandra poniendo las manos delante de sí, como para rechazar algo. Hasta que se despertó y nuevamente se repitió la escena que ya Martín había visto en aquella primera noche: él, calmándola, llamándola por su nombre; y ella, ausente y surgiendo poco a poco de su profundo abismo.

Sentada en la cama, encorvada sobre sus piernas, su cabeza apoyada sobre sus rodillas, poco a poco volvía a la conciencia. Al cabo de un tiempo miró, por fin, a Martín y le dijo:

—Espero que ya te hayás acostumbrado.

Martín, por respuesta, intentó acariciarla con su mano en la cara.

—¡No me toqués! —exclamó ella, retrocediendo.

Se levantó y dijo:

—Voy a bañarme y vuelvo.

—¿Por qué tardaste tanto? —preguntó, cuando por fin la vio reaparecer.

—Tenía mucha suciedad.

Se acostó a su lado, después de encender un cigarrillo.

Martín la miró: nunca sabía cuándo ella bromeaba.

—No bromeo, tonto.

Martín permaneció callado: sus dudas, la confusión de sus ideas y sentimientos lo mantenían como paralizado. Su ceño fruncido, miraba al techo y trataba de ordenar su mente.

—¿Qué pensás?

Tardó un momento en responder.

—Mucho y nada, Alejandra... La verdad es que...

—¿No sabés qué?

—No sé nada... Desde que te conozco vivo en una confusión total de ideas, de sentimientos... ya no sé cómo proceder en ningún momento...

Se calló y Alejandra nada dijo. Permanecieron los dos en silencio durante largo rato.

Sólo se oían las profundas y ansiosas chupadas que Alejandra daba a su cigarrillo.

—No decís nada —comentó Martín, con amargura.

—Ya te respondí que te quiero, que te quiero mucho.

—¿Qué soñaste? —preguntó Martín, sombríamente.

—¿Para qué querés saberlo? No vale la pena.

—¿Ves? Tenés un mundo desconocido para mí, ¿cómo podés decir que me querés?

—Te quiero, Martín.

—Bah..., me queré como a un chico.

Ella no dijo nada.

—¿Ves? —comentó Martín, amargamente—, ¿ves?

—No, tonto, no... Estoy pensando..., yo misma no tengo las cosas claras... Pero te quiero, te necesito, de eso estoy segura...

—No dejaste que te besara. No me dejaste ni siquiera tocarte, hace un momento.

—¡Dios mío! ¿No ves que soy enferma, que sufro cosas atroces? No tienes idea de la pesadilla que acabo de tener...

—¿Por eso te bañaste? —preguntó Martín irónicamente.

—Sí, me bañé por la pesadilla.

—¿Se limpian con agua las pesadillas?

—Sí, con agua y un poco de detergente.

—No me parece que lo que yo estoy diciendo sea motivo de risa.

—No me río, chiquilín. Me río quizá de mí misma, de mi absurda idea de limpiarme el alma con agua y jabón. ¡Si vieras cómo me refriego!

—Es una idea descabellada.

—Claro que sí.

Alejandra se incorporó, apagó la colilla del cigarrillo contra el cenicero que tenía en la mesita de luz y volvió a acostarse.

—Yo soy un muchacho sin experiencia, Alejandra. Hasta es probable que vos me tengás por un poco tarado. Pero así y todo me pregunto: ¿Por qué, si te disgusta que te toque y que te bese en la boca, me has pedido que me acueste aquí, contigo? Me parece una crueldad. ¿O es otro experimento como con Marcos Molina?

—No, no es ningún experimento. A Marcos Molina yo no lo quería, ahora lo veo claro. Con vos en distinto. Y, cosa curiosa, que yo misma no me lo explico: necesito tenerte de pronto cerca, junto a mí, sentir el calor de tu cuerpo a mi lado, el contacto de tu mano.

—Pero sin besarte de verdad.

Alejandra tardó un momento en proseguir.

—Mirá, Martín, hay muchas cosas en mí, en... Mirá, no sé... Tal vez porque te tengo mucho cariño. ¿Me entendés?

—No.

—Sí, claro..., yo misma no me lo explicó muy bien.

—¿Nunca te podré besar, nunca podré tocar tu cuerpo? —preguntó Martín casi con cómica e infantil amargura.

Vio que ella se ponía las manos sobre la cara y se la apretaba como si le dolieran las sienes. Después encendió un cigarrillo y sin hablar fue hacia la ventana, donde permaneció hasta concluirlo. Finalmente, volvió hacia la cama, se sento, lo miró larga y seriamente a Martín y empezó a desnudarse.

Martín, casi aterrorizado, como quien asiste a un acto largamente ansiado pero que en el momento de producirse comprende que también es oscuramente temible, vio cómo su cuerpo iba poco a poco emergiendo de la oscuridad; ya de pie, a la luz de la luna, contemplaba su cintura estrecha, que podía ser abarcada por un solo brazo; sus anchas caderas; sus pechos altos y triangulares, abiertos hacia afuera, trémulos por los movimientos de Alejandra; su largo pelo lacio cayendo ahora sobre sus hombros. Su rostro era serio, casi trágico, y parecía alimentado por una seca desesperación, por una tensa y casi eléctrica desesperación.

Cosa singular: los ojos de Martín se habían llenado de lágrimas y su piel se estremeció como con fiebre. La veía como un ánfora antigua, alta, bella y temblorosa ánfora de carne; una carne que sutilmente estaba entremezclada, para Martín, a un ansia de comunión porque, como decía Bruno, una de las trágicas precariedades del espíritu, pero también una de sus sutilezas más profundas, era su imposibilidad de ser sino mediante la carne.

El mundo exterior había dejado de existir para Martín y ahora el círculo mágico lo aislaba vertiginosamente de aquella ciudad terrible, de sus miserias y fealdades, de los millones de hombres y mujeres y chicos que hablaban, sufrían, disputaban, odiaban, comían. Por los fantásticos poderes del amor, todo aquello quedaba abolido, menos aquel cuerpo de Alejandra que esperaba a su lado, un cuerpo que alguna vez moriría y se corrompería, pero que ahora era inmortal e incorruptible, como si el espíritu que lo habitaba transmitiese a su carne los atributos de su eternidad. Los latidos de su corazón le demostraban a él, a Martín, que estaba ascendiendo a una altura antes nunca alcanzada, una cima donde el aire era purísimo pero tenso, una alta montaña quizá rodeada de atmósfera electrizada, a alturas inconmensurables sobre los pantanos oscuros y pestilentes en que antes había oído chapotear a bestias deformes y sucias.

Y Bruno (no Martín, claro), Bruno pensó que en ese momento Alejandra pronunciaba un ruego silencioso pero dramático, acaso trágico.

Y también él, Bruno, pensaría luego que la oración no fue escuchada.

XII

Cuando Martín se despertó, entraba ya la naciente luminosidad del amanecer.

Alejandra no estaba a su lado. Se incorporó con inquietud y entonces advirtió que estaba apoyada en el alféizar de la ventana, mirando pensativamente hacia afuera.

—Alejandra —dijo con amor.

Ella se dio vuelta, con una expresión que parecía revelar una melancólica preocupación.

Se acercó a la cama y se sentó.

—¿Hace mucho que estás levantada?

—Un rato. Pero yo me levanto muchas veces.

—¿Te levantaste esta noche también? —preguntó Martín, con asombro.

—Por supuesto.

—¿Y cómo no te oí?

Alejandra inclinó la cabeza, apartó la mirada de él, y frunciendo el ceño, como si acentuara su preocupación, iba a decir algo, pero finalmente no dijo nada.

Martín la observó con tristeza, y aunque no comprendía con exactitud la causa de aquella melancolía creía percibir su remoto rumor, su impreciso y oscuro rumor.

—Alejandra... —dijo, mirándola con fervor— vos...

Ella volvió hacia Martín una cara ambigua.

—¿Yo qué?

Y sin esperar la inútil respuesta, se acercó a la mesita de luz, buscó sus cigarrillos y volvió hacia la ventana.

Martín la seguía con ansiedad, temiendo que, como en los cuentos infantiles, el palacio que se había levantado mágicamente en la noche desapareciese como la luz del alba, en silencio. Algo impreciso le advertía que estaba a punto de resurgir aquel ser áspero que él tanto temía. Y cuando al cabo de un momento Alejandra se dio vuelta hacia él, supo que el palacio encantado había vuelto a la región de la nada.

—Te he dicho, Martín, que soy una basura. No te olvidés que te lo he advertido.

Luego volvió a mirar hacia afuera y prosiguió fumando en silencio.

Martín se sentía ridículo. Se había cubierto con la sábana al advertir su expresión endurecida y ahora pensó que debía vestirse antes que volviera a mirarlo. Tratando de no hacer ruido, se sentó al borde de la cama y empezó a ponerse la ropa, sin apartar sus ojos de la ventana y temiendo el momento en que Alejandra se volviese. Y cuando estuvo vestido, esperó.

—¿Terminaste? —preguntó ella, como si todo el tiempo hubiese sabido lo que Martín estaba haciendo.

—Sí.

—Bueno, entonces dejame sola.

XIII

Aquella noche Martín tuvo el siguiente sueño: En medio de una multitud se acercaba un mendigo cuyo rostro le era imposible ver, descargaba su hatillo, lo ponía en el suelo, desataba los nudos y, abriéndolo, exponía su contenido ante los ojos de Martín. Entonces levantaba su mirada y murmuraba palabras que resultaban ininteligibles.

El sueño, en sí mismo, no tenía nada de terrible: el mendigo era un simple mendigo y sus gestos eran comunes. Y sin embargo Martín despertó angustiado, como si fuera el trágico símbolo de algo que no alcanzaba a comprender; como si le entregasen una carta decisiva y, al abrirla, observase que sus palabras resultaban indescifrables, desfiguradas, y borradas por el tiempo, la humedad y los dobleces.

«El dragón y la princesa» es la primera parte de la novela *Sobre héroes y tumbas* adaptada por el propio autor para esta edición.

Últimos títulos de la colección:

33. Mercè Rodoreda: *Mi Cristina. El mar*
34. Adolfo Bioy Casares: *Máscaras venecianas. La sierva ajena*
35. Cornell Woolrich: *La marea roja*
36. Amin Maalouf: *La invasión*
37. Juan García Hortelano: *Riánsares y el fascista. La capital del mundo*
38. Alfredo Bryce Echenique: *Muerte de Sevilla en Madrid*
39. Hans Christian Andersen: *Cuentos*
40. Antonio Escohotado: *Las drogas*
41. Juan Benet: *Sub rosa*
42. Mario Benedetti: *La vecina orilla*
43. Jean-Paul Sartre: *La infancia de un jefe*
44. Uwe Schultz: *La fiesta*
45. Gustavo Adolfo Bécquer: *Maese Pérez el organista. La corza blanca*
46. Horacio Quiroga: *Anaconda*
47. Patricia Highsmith: *Siete cuentos misóginos*
48. Carson I. A. Ritchie: *La búsqueda de las especias*
49. Francisco Calvo Serraller: *El Greco*
50. Alfonso E. Pérez Sánchez: *Ribera*
51. Julián Gállego: *Velázquez*
52. Enrique Valdivieso: *Murillo*
53. Valeriano Bozal: *Goya*
54. Juan Antonio Ramírez: *Picasso*
55. Agustín Sánchez Vidal: *Dalí*
56. Francisco Calvo Serraller: *Breve historia del Museo del Prado*
57. Ignacio Aldecoa: *El corazón y otros frutos amargos*
58. Eduardo Galeano: *Mujeres*
59. Dashiell Hammett: *Una mujer en la oscuridad*
60. José Deleito: *El desenfreno erótico*
61. Mariano José de Larra: *Artículos*
62. Ernesto Sábato: *El dragón y la princesa*
63. Anónimo: *La dama de Escalot*
64. César Vidal Manzanares: *Los manuscritos del mar Muert*